不書鎮

蘇善——著

【自序】關我癖事

這癖，關於買書、讀書，以及寫書。

以前瘋狂為自己和孩子買書，一拖拉庫，那庫啊，因為書櫥不夠用，還掀了床鋪，真的就是個寶庫，也因此轉入兒童文學領域。

後來攻讀博士，我跑圖書館，找文本、找理論，有時搶不到，有時忘了還，索性跨海買書，全部裝進「啃多」（Kindle），那字兒，可如小豆亦可如大豆，一頁「紙」放幾行字，但是，不得不啊，因為眼睛模糊，因為斗室再無櫃櫥，更因為癖嗜，因為鑽研科目，既趨深也趨廣，買書，不能手軟。

讀專書，盡情吸收知識。

啃閒書，享受自由與孤獨。

至於寫書，起初為了孩子，漸漸地，更多是為了表述我見我思。還有一些些反骨，挑戰內容與形式。

以文還文，以字還字。

我仍用內容與形式「推」理，探入文字架構故事的脈絡，然後，還文返本，瞧瞧章節如何串接，瞧瞧童話如何出入小說，以及人物跳躍，如何介入？如何旁述？

這部小說，寫了五個月，初稿大約五萬四千字，比前一部多出一萬字。書寫期間，卡了一段時日，因為寫了別的，更因為故事有了意志，扭著，拗著，竟就轉進一塊養筆練筆之沃土，越寫越是滿足。

滿足的原因之一當然是：完成了！

原因之二則是，再次超越為自我設下的挑戰，亦即，在小說中安插一個小童話，也尾隨著小說情節畫下句點，兩者交織，恰可詮釋整部小說的主題與觀點。

書寫過程當中，我為這個小童話另立檔案，它乖乖等候，該上場，它便來上一段，大多時候，它是悄悄醞釀。

如此劇中有劇，不算稀罕，然而，它竟給小說一記「全壘打」，讓小說戛然結束，意外地搶眼。它更是一支「再見全壘打」，因為，完稿次日，即八月四日，我把這個故事拉了出來，略加整理，投遞出去，幾封電子郵件往返，因應刊物版面容量，刪修了若干文字，最後，抓出小標，這個故事獨當一面，有了篇名〈機器人種豆〉，率先發表於《未來少年》二〇一七年十一月號。

連番驚喜，不禁教我拍掌！
種種創作「蜜」辛，以此誌念。

二〇一七年八月 蘇善

不書鎮

CONTENTS

1 摸黑

「我不想繳書！」

「鎮長命令……說是最後期限了……」奶奶皺眉。

「藏呀！」

鋼珠的左眼一亮，沒敢閃神，卻是藏不住驚訝，她也皺眉，問道：「這哪是什麼好辦法！」

鋼筆爺爺咬上菸斗，吸了一口，菸絲點點燒紅，然後緩緩吐出一口菸，半開玩笑地說：「目前只能藏起來。」

「能藏多久呢？」墨水奶奶看看屋內，滿眼的亂，都是散置的書本。

每一只書櫃都被塞滿了。

橫的，看不見空隙。

豎的，早就看不到書背，更別提封面。

藏書，不就藏在自己家裡嗎？

「藏新好呢？還是藏舊？」墨水奶奶的感受複雜。

「挖個地窖吧！」鋼珠立刻追加，大喊：「地洞！很長、很長的地洞……」

墨水奶奶皺眉，打斷自己的異想：「要是被挖出來了，那可難看！」

「麻煩的是，約談，甚至是監禁。」鋼筆爺爺神情轉為凝重。

「怎麼辦？」鋼珠嘟嘴。

唉……這嘆的是：一屋子的書可怎麼辦？

書啊，從房間蔓延到客廳，書是自己長腳了嗎？一疊進了這間，再一疊，又進了那間，沒能占領的空間大概只有廚房，不過，墨水奶奶也不好抱怨，廚房裡，食譜書也是各式各樣，燉肉的和醃菜的各有幾本，至於蛋料理，少說也有四、五本，足以每天變換一款。

書堆成海，這……鋼珠當然知道，眼前的大難關，叫人心煩意亂，她不禁怏怏嘟噥：「明天？或者後天？」

參觀日。

躲過數次，還是躲不過最後一次啊……墨水奶奶也是滿臉無奈。

鎮長喜歡「即知即行」。

意思是：即刻通知，即刻執行。

所以，明天或後天？

幾時上門？

「我不怕公開，因為書啊，都被我讀進腦袋。」鋼筆爺爺仍然一派輕鬆，他又抽了一口菸，瞇起眼睛：「該藏的，是妳的書！」

還有，妳的眼珠，那一顆「鋼」珠……

一說完，鋼筆爺爺神情漸漸嚴肅起來，暗自斟酌一些沒說的事……怎麼說……

「這倒是。」墨水奶奶贊同：「至於我的書呢，大概也不值得審查。」

審查？

鋼珠睜大眼睛，問道：「不是說『參觀日』嗎？」

參觀，隨便看看。

「傻孩子，當然會一併檢查。」

「檢查什麼？」鋼珠盯著奶奶，追問。

根據食譜，檢查用什麼油？還是一餐吃掉幾匙鹽巴？

「哈哈，以前真的是這樣。」

「真的假的？」

「還檢查我的菸絲出自哪一個工場哪！」

「不會吧？」

「先不管油啊、煙的，書！書！」墨水奶奶立刻拉回正題：「趕快藏書要緊！」

喔！鋼珠嘟起小嘴。

喔！鋼筆爺爺咬著菸斗的嘴。

兩張鬼臉嘲笑對方，小的擺出苦目，老的把愁眉一揚，換上開眉，還把好法子送上：「交給『藏書人』！」

藏書人？

誰？哪個熟人？

鋼珠想不起半張臉孔，因為，家裡向來沒有客人，因為，爺爺幾乎天天出門，也不知道晃去哪兒，也沒聽他提過某人怎樣、怎樣，總之，相識的，往來的，應該都是奶奶的聊天伴。

「藏書人？」墨水奶奶歪著頭，努力思索，忽然輕輕捏拳，臉一抬：「好吧！就像以前……現在……還是只能找他！」

以前？

現在？

墨水奶奶看穿孫女的心思，先是一笑，然後轉頭，瞧瞧有無旁人，然後壓低聲音，說道：「改天再跟妳講！總之，聽爺爺的，妳趕快去挑書！」

¤

挑書？

幾本？

鋼珠一股悶氣還憋著，索性往後拋掉自己，軟床一接，吞、吐、吞、吐，床攤平了，鋼珠的氣也消了，她翻身，抬起頭，兩手托住下巴，不禁哀嚎：「每一本都好愛，怎麼挑？」

¤

「你怎麼教她走上老路呢？」

老路？

一口煙浮雕一個小小背影，那是趴在書上的旅行，那是進入字裡行間的旅行。

教？

唉……

煙，浮出記憶，煙也浮出舊傷。

「小孩自己愛讀書，怎麼擋……」鋼筆爺爺吞了吞水，好讓煙消「惡」散，是的，決定不掛心的，何苦再攬，因此，他回到眼前：「以後她得自己承當，本來也該磨練、磨練。」

墨水奶奶明知責備老伴稍欠公允，此刻總是擔心：「但是夜裡出門……」

「咱們這兒啊，夜裡燈火通明的才真的叫人驚顫。」

「這倒是。」墨水奶奶瞇眼想起從前……

「再說，只能這麼辦。」

喔……墨水奶奶知道，所以無言。

於是煙絲繞呀繞的，把煩惱繞完，最後繞出來一句安然，並且帶著希望：「放心，他啊，經驗老到，保證書安全，也保證人安全，放心！」

墨水奶奶知道那其中暗藏的，與其說是信任，不如說是早有盤算，所以她不得不問：「你該不是想……」

四隻眼睛對望。

一睜一愣。

一問一答。

時間似乎暫停。

「對也不對。」一個矛盾出聲來打散煙絲，因為一張嘴吹破迷障：「我能做什麼？還不是看看書，抽抽煙，呵呵，何況，你沖的咖啡那麼香。」

墨水奶奶臉頰霎時微熱，輕輕一嘖：「這時候還逗人！」

其實墨水奶奶心裡汨甜，但是嘴上不能不叮嚀：「要緊的是保護鋼珠……」

當然。

鋼筆爺爺面露微笑但是心底沉重，為了這個孫女，還得挺一挺，也得顧及老伴，他必須總是回應：「放心！」

¤

「好了！就這幾本……」鋼珠懷裡抱著書，走進書房，往桌上一擱同時回眸往房間一望，心中仍有懸繫：「還能再加一本嗎？」

煙霧瀰漫。

鋼筆爺爺的回答十分明朗：「當然可以！」

「可是……」鋼珠自己猶豫：「可能會太重……」

墨水奶奶隨即提醒：「妳一個人去，所以妳得斟酌自己的體力，況且，這一趟路……」

路？

我自己去？

鋼珠立即提問：「不是他來收？也不等明天？」

搖搖頭，墨水奶奶給了否定，並且補充：「省得夜長……夢多。」

搖搖頭，煙霧散，鋼筆爺爺這才露了臉，繃臉：「他啊，首先得藏身，才能幫咱們藏書。」

藏身，藏書，這是什麼道理？

「好吧！我自己去。」鋼珠索性接受安排。

去哪裡？

「勾勾林。」

鋼珠沒等奶奶說完，她早已張大嘴巴，因為不敢置信：「那裡？夜裡？我一個人？」

「妳可以的。」鋼筆爺爺吞下所有煙絲似地，終結話題：「而且，妳必須。」

眼神疑惑，鋼珠看著奶奶直覺爺爺的嚴肅很有問題。

只是，感覺哪兒怪怪的？

說不上來。

鋼珠挺胸，隨即行動：「好！我去『勾勾林』找他……」

那麼，「他」是誰？總該有名有姓？

再說，「勾勾林」那麼大的範圍？往東還是向西？

「順著路，順著荒原，走下去，然後走進去……」墨水奶奶舉手指向後門，那手指，瘦骨，微曲，卻好似穿過門板，直指黑闃。

「喔……一直一直走？」

「進到『勾勾林』深處，『藏書人』自然就會找上妳。」

喔！鋼珠點頭，眼神迷離但覺好奇，恍若森林就在目前。

「等等……」墨水奶奶立刻轉身打點，進了廚房又進了臥室，旋即攬了一個小小行囊，交到孫女手上：「裡頭有水，還有一袋乾糧，別餓著了。」

水和乾糧？野餐？

去去便回，不是嗎？

幹嘛這麼麻煩？

奶奶總是這樣……

「奶奶的好習慣。」鋼筆爺爺欣然同意。

墨水奶奶複述叮嚀：「女孩子出門，一件也不能少。」

豈止一件？

鋼珠心裡十分清楚，奶奶說的「一件」是「每」一件，是從頭到腳的每一個備件！萬一弄個小傷，有藥；萬一被蟲咬，有膏。「萬一」從來不只「一」而是「萬」，對於女孩兒，尤其不能漏掉手絹！

「遵命！」鋼珠聽從，套頭，斜肩一放，雖是小小皮包，怎麼覺得肩頭又重了幾分，鋼珠打算抽出一本，因此探手抓書：「那麼，留下《聞字兒》吧！」

「帶上！」

「帶上思想！」

「帶上想像！」鋼筆爺爺連說三句，才說完，立刻又補一句：「不要怕重！」

重？

鋼珠的手抓著書，糾結，心緒也纏繞：為什麼忽然感覺爺爺的話比我手上的書還重？

墨水奶奶則是遞上一個背袋：「換個袋子就可以！」

對啊！

「裝進去、裝進去，」鋼珠豁然開朗，她接過袋子，一邊塞書一邊撐開袋子，重新整理，然後提起，搖一搖：「果然，全部都裝得進去啦！」

提起背袋，先穿右臂一肩搭上，左臂往下一撈再一抬，鋼珠很快便將背袋扛上，她搖搖上身，分攤重量，然後說道：「雙肩分擔，果然輕一些！」

墨水奶奶一直幫忙拎住背袋，直到孫女將袋子放上背脊，才放了手：「妳知道路？」

嗯！

「出門囉！」鋼珠的口吻一如平常，因為目的地早已知悉：「就是那一座森林！」

「出了門，順著路，一直走、一直走，不能耽擱，知道嗎？」

如果說森林，很遠很遠的森林，不准進入的森林，沒人想去的森林，當然應該只會是那裡……

鋼珠心裡哼著：我可是去過好幾次哪……

不禁點點頭又點點頭，鋼珠神情頓時輕鬆，而且充滿愉悅：「早說嘛！如果是那裡，我閉著眼睛都會走呢！」

喔，一得意便露了口風……

呃，那兒是禁區呢……

墨水奶奶咧開嘴角，輕輕一哂：「是嘛，妳沒溜去，那才叫奇怪哪！」

嗯……都知道啦……

鋼珠用兩隻食指拉開嘴角，誇張尷尬的微笑：「放心！放心！」

「幹嘛學妳爺爺呀？」墨水奶奶皺起眉頭。

「這就對啦！」鋼筆爺爺鼓勵：「自己的書自己寄。」

¤

出了門，後門，鋼珠立刻直奔。

閉著眼睛！

真的！鋼珠說得自信，她超會認路，其實是認樹！

她記得路樹的樣子，四季，樹葉的密度，從初春到夏末，嫩黃轉成墨綠，同時增加的，還有大小與輪廓，一棵樹便有了獨特的姿態，站得直挺的，像瘦子，橫著胖的，葉子小捲，便像人頂著映襯的髮型。

只要有樹，就有路。

不過，這得是在白天！

「走夜路，比閉眼還麻煩，睜大眼睛也不行，多了夜色干擾，四處竟然變得陌生。」鋼珠忽然覺得以後得在夜裡出來探一探。

但是，太晚了。

今夜只好衝！

於是，鋼珠只看腳下的路，用腳代替手，摸黑，摸路。

「白天的田野沒有這些怪聲音！」鋼珠一邊快走，一邊豎起耳朵，留意狀況。

嗚。

咕。

嗚嗚。

咕咕。

踩斷樹枝，鋼珠倒是心裡有數，卻也因此稍稍鎮定，果然，她的腳記得路，她安撫自己：「這就對啦！很快就會走出小鎮了。」

¤

一條路，不彎不直，因為早在心底刻下地圖。

鋼珠特別踮起腳，讓腳跟半懸，隱藏心驚。

出了小鎮，進入荒原。

而荒原，不時會出現大大小小的石頭。

於是，鋼珠摸索地上，她告訴自己：「我得先找一截樹枝。」

鋼珠蹲下，再摸索地上，轉了一圈，再走遠一些，又轉了一圈，總算找到一支約莫及腰的樹枝。

「嗯！探路。」鋼珠不想絆倒，以樹枝為杖，便能讓手伸長，延長觸感。

樹枝一邊掃，好像一邊畫路，如果停滯，必有石子。

於是，走著、走著，鋼珠手腳並用，一敲一踢，沒出岔子，但是，為了壯膽，她不時自言自語：「白天在田野怎麼都沒聽過這些怪聲音？」

¤

一片荒原，空空蕩蕩。

盡頭未見盡頭，因為心裡著慌，因此走丟了方向。

「走、走、走，趕快走完……」鋼珠催促自己。

叩。

嗆。

叩叩。

嗆嗆。

「石牆！」鋼珠暗暗歡呼，但是她忍住，不敢出聲。

是了，石牆，喔，應該說是石堆，是小鎮堆疊的保護線，也是警告標誌，這一條低矮的石牆線喊著：別過去！再過去就是禁區，是危險的森林……

白天，鋼珠偶爾會坐在石牆上納悶：怕什麼？

這會兒，可是爺爺奶奶讓她進入森林呢！

雖然不是鎮長准許的……

「裡面到底有什麼呢？」鋼珠丟掉樹枝，雙手抓緊背帶，其實是緊握拳頭，又緊張又興奮。

轉身，鋼珠望向荒原，她緩緩吐氣：「等一下還得走回去……」

嗯！可以！因為爺爺奶奶一定等得心急！

再轉身，鋼珠看進森林，她不禁哆嗦：「希望藏書人不會是怪物！」

森林邊緣，黑白二分，白的是夜空中的星光，薄薄一層；黑的是矗立的樹木綿密而廣袤，厚厚的漆黑後面仍是厚厚的漆黑，太厚了，屢屢逼嚇，害得鋼珠漸漸生猶豫，不敢抬腳。

咻。

咻。

窸窸窣窣。

窸窸窣窣。

鋼珠仰頭，心底告訴自己：時候不早了，妳得早去早回！

好！

好！

用力甩頭，甩掉猜懼，鋼珠深深吸了一口氣，再吸一口氣，鼓勵：「走囉！」

¤

一踏進森林，鋼珠猛地摀住耳朵，叨唸：「竟然這麼吵！」

咕。

咕。

書書書書！

書書書書！

鋼珠滿腦子只想藏書，所以就怕誤事……

誰在通風報信？森林裡真的有人！這一響，再一想，鋼珠心裡反而篤定，立刻轉頭尋找聲音來源，急切地提問：「能幫我藏書嗎？」

這麼直接？

因為我想早點回家。

鋼珠心裡不禁自問自答，可是，沒有回答。

「哇哈哈！」忽然爆出一陣笑聲。

「哇哈哈！」

混在窸窣簌簌裡面的，是什麼東西在枯葉上滾翻。

這聲音？

阿牘？

鋼珠立刻扯大嗓門，命令：「阿牘！滾出來！」

下一秒果然有個東西滾了出來，是人，一個男孩，才露臉又回滾半圈，一個跟斗，穩住身體，然後站立。

「這麼兇！我還想問妳呢！夜裡亂跑，竟然跑來森林這邊！」

聽到熟悉的聲音，鋼珠解除警戒了：「原來是你啊！你才是！半夜不睡覺跟蹤我幹嘛！」

「唷？瞧妳兇的……你是特地來堵我的嗎？」

「堵？誰知道你會來這兒！」鋼珠裝兇，所以挺胸。

「咦？這兒是禁區，妳不知道嗎？」

鋼珠被揪到尾巴，連自己都感覺面部泛紅了：「摸黑，不怕！」

這是說去哪兒？

哪兒？就是勾勾林吧！

兩個裝啞。

但既然彼此撞見了，各尋前路吧？

「不怕就好！」阿牘開始緩頰：「摸黑，有原因吧？」

兩雙眼睛，在黑夜裡試圖看清對方的動向。

兩個袋子，在沉默裡，各自承載祕密。

一陣猜測之後仍是一陣想像，只是心境不同，阿牘忽然挺起胸膛大聲開起玩笑了：

「任務！任務妳知道吧？哪像妳，每天晚上窩在家裡，叫書來做伴！」

這倒是，爺奶管得嚴但也幸福得很，鋼珠知道不能苛求，於是軟了言語，問道：

「所以，你在忙什麼？」

「哪！就這個！」阿牘從背包裡拿出一張紙，上面寫著小小的字。

海報？想貼在哪兒？被核准了嗎？

「這東西？能貼嗎？」鋼珠立刻提問。

「當然是……」阿牘聲音漸漸變小，直到黏在嘴邊：「不行……」

不行！鋼珠瞪大眼睛，意思是：你找死啊！

但是鋼珠抽掉狠毒的咒罵，改說擔心：「那你還貼？不怕被抓嗎？」

當然怕吧？

但是阿牘沒說話，低眼，盯住自己的鞋尖，然後拿定了心，語氣跟著沉穩：「不會怎樣啦……我只是跑腿。」

最好是喔……鋼珠暫時只能掛在肚場，眼下，沒空叨唸你啦。

「給我一張，然後你趕緊去……」

貼？

不然怎麼辦？

鋼珠忽然想起自己的行程，一溜嘴便說：「我也有任務，所以咱們都不准講起碰面！」

阿牘抬起下巴，眼神果斷：「當然！看來咱們是一掛的喔！」

一起掛在禁區？

大半夜的？

哈！一個嘴巴嘻笑，笑的是：你竟然也會賣呆兼耍狠……

哼！一個鼻子哼氣，氣的是：你反正是沒人管！

「好啦，你貼你的。」

「當然，妳走妳的。」

「小心閃人。」鋼珠給了叮嚀，人：指的是大人。

阿牘邁步左拐右彎，笑了：「我是最能躲的黑影。」

好囉！

目的，反方向。

鋼珠把海報折了折，往貼身小皮包裡塞，阿牘則是緊緊攏抱一袋，深怕漏掉一張。

走囉！

背影，反方向。

「喂！等一下！」鋼珠忽然想要提問：「你認不認識……」

還沒講到關鍵，阿牘早已經不見人影。

藏書人……

鋼珠煞住聲音，仍讓剩餘的心思慢慢溜出嘴角，她喃喃自語：「藏書人……應該不是壞人吧……」

嘖！是誰把森林抹黑？

幹嘛書裡的森林老被描繪成一個恐怖的樣子？

白天的森林不是很迷人嗎？

嗯？

其實此刻鋼珠心底十分清楚：摸黑，可怕得很！

因此，討厭的阿牘一走，猶豫再次襲來，勇氣必須再次裝填。

裝，假裝。

鋼珠更加用力甩頭，再次甩掉猜懼，然後，深深地、深深地吸一口氣，再吸一

口氣，她逼迫自己：「走哩！」

¤

過了低矮的石牆，森林和荒原各據一方，鋼珠抬腳跑向森林，而阿牘，應該早已進入更遠的「不書鎮」。

2 非法童話

太陽爬到地平線上，「不書鎮」立即醒來。

有光。

有了聲響。

晨光移動，打亮了書塔最上面的第一本書，接著是第二本、第三本……然後停在第七本的鋼筆文章上面，書塔霎時生輝熠熠，同時反射到對面的大鐘。

噹！

六點整。

忽然，鎮民圍攏過來，站在書塔廣場的布告欄邊，盯住一張海報，個個引頸，個個翹望，但是，字太小了，最內圈的幾個人還得伸出一隻手指順著字慢慢看，否則，一分神，眼前便會跑了字、亂了行，甚至模糊一片，因此，閱讀速度好慢，另一隻手更得架在腰間，擋人，擋住後面的急躁，深怕被誰一推啊，撞上布告欄板。

另外一些人，無法靠近布告欄，無法閱讀，索性三三兩兩聚集，議論紛紛。如此景況，不尋常。

平日，各自勞動，沒人這麼悠閒，豈止放下工作哪，還轉起腦袋，思考什麼事情。知情的，怕是只有阿牘一人？

但是，阿牘得假裝，裝做一樣好奇，不過他心底暗暗得意，因為，那是自己偷夜忙來的成就！而此刻，他還得蒐集「敵情」，他便晃蕩、晃蕩，在人群之間轉著、繞著，他得看清每一張臉孔的表情，他得牢記每一張嘴巴的議論，然後，一一回報給委託人。

¤

「嗯哼！」一個嗓門大開，清清喉嚨，同時打通人牆，搖搖擺擺走到布告欄邊，宣布：「乾脆由我來幫忙唸一唸！大家就別再擠了，找個空曠的地方，行吧？」

「可！」

「挺好的！」

「那麼，麻煩你大聲唸，我想走遠一些！」

「我也是！還得到一邊去，先去抽根菸。」

於是，廣場上，頓時變成秩序井然，朗讀的人站了出來，聆聽的人便紛紛疏散，不過，儘管豎起了耳朵，眼睛倒是骨碌碌的，似乎預期著什麼動靜。

至於什麼動靜呢？

沒有往例，不好料想。

「那麼，我開始唸囉！」

嗯！這邊點頭。

嗯！那邊也點頭了。

總之，先來聽聽海報上寫著什麼吧！

於是，大漢扯開大嗓大聲唸：

豆豆國，以豆計價。

譬如書吧，全國統一，不得私下議價。又譬如小說，小豆一百顆，大豆十顆，但是，如果換成彩虹豆，一顆。

這一天，國王再下一道命令，修訂前法：全國書籍全部均一價，一顆彩虹豆。也就是說，大豆不能買，小豆也不行。

均一，包括所有書籍。

均一，只准用彩虹豆交易。

「不大對勁……」蠹米搔著頭，但是不確定怪在哪裡。

蠹柴和蠹米立刻跑到書攤。

直接問！

「老闆，有新書嗎？」蠹柴左看右看。

蠹米伸出手指，說道：「我要那本！」

蠹柴張口詫異：竟然挑好了！

「只收彩虹豆！」老闆說得簡單。

「真的……只收彩虹豆！」蠹米半信半疑。

「這樣好嗎？」蠹柴試探。

老闆答得爽快：「省力。」

喔……

蠹米點頭，他想：如果有人拿一千顆小豆來買，我肯定得數到兩眼昏花，萬一誰來打岔……媽呀！真的會數不完……

蠹米閉眼、摀臉，逃避想像的慘狀。

我肯定翻臉啊！蠹柴也暗暗推估自己的反應，換做是他，必定將一千顆小豆往那人身上狠狠一撒！

「所以，你們選好了嗎？決定買哪一本？還是兩本？」書攤老闆手指點、點、點，準備拿書。

「嗯？」蠹柴摸摸上衣口袋，摸出一個小布袋，他瞧瞧裡頭，小豆！那一瞬間，他懂了，但是他鎮定地回答：「今天不買，沒帶彩虹豆哪！」

真的假的？

蠹米立刻揪出自己的口袋，一、二、三、四，全部都是空的！

真的假的！

「下次……下次再買……」蠹米垂頭，肩頭跟著垮了。

蠹柴點頭。

「那麼，下次記得帶彩虹豆喔！」書攤老闆般般叮嚀，口氣和藹，但是態度明明擺著無奈。

於是，蠹柴和蠹米緩緩踱開。

「怎麼……」蠹米越走，腳步越沉重。

這……這是什麼狀況啊？

「命令，執行，國王，書攤……」蠹柴開始思考，試圖理解，找出癥結：

「啊！我們沒有彩虹豆！」

對啊！

糟糕！

蠹柴和蠹米趕緊跑回家。

豆！豆！彩虹豆在哪裡？

「我明明記得……」蠹柴敲敲腦袋，用力回想。

蠹米竟然迅速跳到結論，他皺起眉頭：「沒書啃……」

「找舊書啊！」

「啃完啦！」

「再啃一遍，」蠹柴總是有辦法：「多啃一遍，啃細一點，啃慢一點。」

這麼一來，書籍的消耗量就會變少同時變慢。

「簡單吧！」蠹柴面露得意。

「騙人！」蠹米嘟嘴。

「啃舊書總比沒書啃好吧？」蠹柴設下思維陷阱。

「不行！」蠹米跺腳、搖頭：「我喜歡嘗新。」

哎呀呀，這可為難了……

蠹柴於是捫心：我自己做得到嗎？

呃……蠹柴只好承認：「真的不行！」

「怎麼辦？」蠹米東張西望，嗅來嗅去。

蠹柴知道：蠹米的讀癮又犯了……

「哪，這本給你，你一定沒看過。」蠹柴掏出褲子口袋裡的小小書，「應應急，我想辦法去。」

唉，蠹柴掏掏另一個褲子口袋，裡頭依然空虛得很，僅僅藏著一袋大豆，這大豆，藏著，不能給蠹米知道。因為這大豆，只能買麵包，吃個十天，如果再省一些，半個月可以免於飢餓。

問題是：嗜讀，乃不治之症。

而蠹米是重度嗜讀。

以後，拿什麼來買書？

蠹柴不禁抱著腦袋，嗅……

「嗅……」大漢拉長呻吟，轉身，丟下嘎然一句：「未完，待續。」

未完？

待續？

廣場上頓時騷動，眼睛瞪著眼睛，問答，但是沒有聲音。

大漢只得再轉向布告欄，指出海報末端一行，表示自己真的照著字唸：「這裡明明就是寫著『未完，待續』呀！」

¤

讓！讓！

讓讓！

騷動裡多了一句指令，那是一等員。

二等員跟在後面，卻是先問了：「一大早吵什麼？」

吵？哪兒的事？

只是……只是……聽個故事！

哼！

鎮民覺得委曲，霎時紛紛鼓動唇舌，認真陳訴，但是，沒有一句講得清楚，因為少了前因，而後果，正如眼前，喋喋竟成齟齬？哪有這回事！

「哎呀，親愛的鎮民，」一等員發現氣氛不對勁，立即反向徵詢：「聚在這一座巍峨的書塔前面，正在研究什麼知識嗎？」

研究？

知識？

是嘛，放點尊重，書塔之前，誰不是渺小的「知識微分子」，還不算「知識分子」喔，僅僅「微分子」！

二等員也看懂了情勢，清清喉嚨，調整用語：「對啦，一定是發現了新鮮事！」

新鮮事！

哎呀！故事！方才朗讀的大漢抓住出聲的時機，趕緊又伸出指頭，把矛頭丟回去，他說：「我只是幫大家念了一段童話故事。」

「童話？」

「到底是什麼故事？」

是囉，這麼厲害的？

讓人動起干戈？

一等員說：「那麼，我也來讀一讀。」

於是，一等員被拱到布告欄之前，這會兒，誰也不想擠上前，因此騰出許多空間，二等員隨即跟上，站在一旁。

也就是說，一等員和二等員同時看著海報，盯住一字一行。

起先，一等員唸得比較大聲：

豆豆國，以豆計價。

譬如書吧，全國統一，不得私下議價。又譬如小說，小豆一百顆，大豆十顆，但是，如果換成彩虹豆，一顆。

漸漸的，聲音越來越小，然後，二等員接著唸，那速度，不快不慢，那音量，其實傳不遠，不過，由於大家已經知道故事內容，彷彿跟著嘟嘟噥噥，把故事再聽一次，其實是在腦袋裡默想一遍。

於是，鎮民的情緒和懸念又回到那一句：「未完，待續。」

3 一等員與二等員

一等員暗暗吃驚：這……抄襲？

喔不！二等員覺得更嚴重的是：洩密？

一等員和二等員臉上一陣青一陣綠，目光瞟來瞟去，兩人都問：難道你的猜測跟我的懷疑是一樣的？

嗯……目瞪。

嗯嗯……不能出口……

只好點頭。

點頭之後，重整神色，一等員搖頭，語氣保持鎮定，他說：「這個故事在講什麼？」

「豆子當貨幣？哪裡？」二等員跟著抓錯，最大的！

喔……但是……一些鎮民的理解開始動搖。

呵呵，看錯重點了，也有一些鎮民的興味絲毫未減。

「這不就是比喻嘛！」一句點醒，忽然在遠處響起。

誰說的？一等員和二等員盯著鎮民，一大早就有人愛現呢？

誰說的？鎮民紛紛踮腳引頸，東張西望，只有接近聲音來源的那個人感覺一股什麼味道就在背後，於是轉身，沒錯，他認得，隨即打了招呼：「鋼筆爺爺，早啊！」

鋼筆爺爺呀！

難怪一語道破！

比喻，那得聯想啊……

不如邊喝咖啡邊討論吧？

問候與邀約在鎮民之間傳遞，氣氛霎時輕鬆起來，是囉，只不過是讀一個故事嘛，有人朗讀，有人聆聽，但是這會兒套上「比喻」，起碼給了證明，證明這故事能讀，所以方才的專注都是值得，一早，就用故事佐上晨光，豈不開心？

而且，「比喻」之說是出自博學的鋼筆爺爺！

嗯，就聽鋼筆爺爺的！

鎮民們鬆了好大一口氣。

但是一等員可不是這麼想的，他轉身面向布告欄，他射出目光，他立刻抓住弱點，他指著海報批判：「沒有核准戳印，這是非法海報！」

「沒錯！」二等員補充：「誰貼的？」

短暫的欣悅驟變，不談故事了？

海報？

非法？

「不是我！」溜了一個。

「沒看到。」又躲掉一個。

方才朗讀的大漢挺起胸，攤開雙掌，說道：「我只負責讀故事，動口不動手。」

是囉！

的確！

一陣交頭接耳之後，鎮民個個昂首，眼神不見閃爍，表情沒有半點怯懦，意思當然是：不容懷疑！

一等員知道現行犯不會乖乖留在原地，於是宣布：「總之，禁止非法張貼，這一張，我們帶回去！」

二等員則是提醒：「如果要分享藝文消息，非貼不可，請務必、務必先來申請。」

於是，海報被撕了下來，一等員憋著氣，雙手一揉，本想把海報捏一捏就丟進垃圾桶，但是二等員隨即阻止，用眼神勸著：人前不得粗魯！

「帶回去研究，」二等員正經地說：「查一查紙張和墨水，也許有指紋留在上頭，或者口水？」

一等員點頭，按捺慍怒，宣布：「如果發現鬼祟之人，儘速通報。」

喔……這是官話嘛。

咦？事態這麼嚴重了嗎？

「能否讓我瞧一瞧呢？」鋼筆爺爺忽然提出要求，他一邊說一邊走向布告欄。

¤

非法海報，准看嗎？

鎮民等著兩個公務員裁斷。

有何不可？大家不是都盯了好久？何況他是鋼筆爺爺呢？

鎮民自顧自發言。

眾目睽睽之下，不好拒絕呀，一等員頗感為難，而且，一時也找不到理由，索性搪塞一個藉口，他扯上鑑定：「好吧，您瞧瞧，最好可以看出這是哪兒的傑作？」

「麻煩您了……」二等員附和。

對了！對了！鑑定紙張和油墨！

沒錯！沒錯！他看過的書可是比你吃過的飯還多……

是的！是的！鋼筆爺爺稱得上專家呢！

嘀咕和囉嗦飛梭，鋼筆爺爺快步走動，踩著紅磚，數著問安，同時，鎮民暗暗把期望一一披上鋼筆爺爺的肩膀，鋼筆爺爺微笑回應。

「請容我瞧瞧。」鋼筆爺爺欠身，伸出兩掌，示意請託。

一等員遞出海報之後，便轉身，跨開雙腳、雙手插腰，大聲宣布：「沒大家的事了……」

於是，二等員就得負責監視，眼睛眨也不眨地瞪著鋼筆爺爺的舉動。

不過，有些人很想聽聽鋼筆爺爺怎麼說……

¤

一等員和二等員的號令失靈。

人群不散，這兒一杵，那兒一杵，書堆廣場之上，好奇繼續醞釀。等著。

瞧著：鋼筆爺爺兩隻眼睛炯炯朗朗，一手端起海報，另一手從外套胸前口袋掏出放大鏡，放大鏡吊著鍊子，平日掛在鋼筆爺爺的脖子上，這會兒變成第三隻眼睛。

「看見什麼啦？」一個稚嫩的聲音竄出，像老鼠一直躲在暗處，看到好物便搶。鋼筆爺爺稍稍挪開海報，瞥了一眼，淡淡地說：「是你啊！別吵！」

「我想趕快知道嘛！」阿牘就是心急。

「別吵啊！」

阿牘回瞪白眼。

「鋼筆爺爺需要專心哪！」

旁人一面喝止一面勸說，因為大家也等著鑑定結果。

看完紙、讀完字，鋼筆爺爺拿起海報嗅著，嗅完正面，翻到背面，繼續聞呀聞，偶爾皺皺鼻頭，半句話也沒講。

「聞到什麼味道啦？」阿牘抬起手臂湊上鼻前，左一吸、右一吸，偷偷估量：該不會有體味留在紙上？

「你嗅什麼嗅？」

「是啊，你又沒碰過海報？」

旁人被惹出笑意，但是沒敢放肆，掩口嗤嗤而已。

「沒……當然沒有！」阿牘心虛，連忙搓搓雙手，藏進褲子口袋。

¤

檢視完畢，鋼筆爺爺將海報還給一等員。

結過呢？

大家屏息，豎起耳朵啦。

只見鋼筆爺爺把放大鏡收回胸前小口袋，再往褲子口袋裡一揪，拉出一條白手巾，往臉上擦呀擦，大抵是想要抹掉紙張和油墨的氣味。

「聞到什麼啦？」問題都被阿牘問光了！

鋼筆爺爺皺起眉頭，報告：「實在抱歉，線索太少。」

「還以為您看出個究竟哪。」二等員說得尖酸。

一等員則是擺出臭臉，給了一哼：「咱們回去查吧！」

這睥睨，鋼筆爺爺不受影響，臉上不見波瀾，反而微笑，說道：「一大早就頭昏眼花，昨夜失眠啊……」

失眠？

當然囉！那個鋼珠大半夜跑出去……

阿牘的嘴唇緊緊抿住，眼珠也不敢溜轉，動也不動地站著：「所以這麼早，要去哪兒走走嗎？」

可不，那一身大地色系的裝扮，健行嗎？還是找人？

鋼筆爺爺瞪了一眼，嘴邊卻是回答：「鬆鬆筋骨，免得腦袋越來越不管用哪！」

「是嘛！大家找事做吧！」一等員撥撥手掌，往這邊揮揮，再往那邊揮揮，趕人。

走囉！

走囉！

鎮民微微失望，鋼筆爺爺竟然沒有任何發現！

二等員則是重申：「請勿張貼非法海報，歡迎檢舉啊！」

檢舉！

阿牘心頭一震，拳頭稍稍捏緊，但是面色努力維持不變，同時暗暗思索：不是早知道會這樣嗎？幹嘛還叫我打探……

走了！

走了！

廣場變得冷清，只剩書堆，留在原地的，還有鋼筆爺爺和阿牘。

鋼筆爺爺看到人群已散，這才拉出斜肩包，掏出筆記本，然後抽出另一只小口袋的鋼筆。

筆不離身哪！

阿牘悄悄挪移腳步，鋼筆爺爺自顧自塗塗寫寫。

就在阿牘歪斜身體，湊上眼睛，幾乎就能瞄見什麼的那一刻，鋼筆爺爺猛地一拍，把本子給闔上！

「探頭探腦的！」

「爺爺騙人喔？」

「亂猜！只是想一想散步路徑，呵呵……」

「讓我瞧瞧？」

鋼筆爺爺當然拒絕，他說：「誰都別想看。」

鋼珠一定會想盡辦法！

所以阿牘也沒打算放棄，他追問：「讓我跟吧？」

「我可受不了你在耳邊嗆呼嗆呼。」鋼筆爺爺搖搖頭，還摀住耳朵！

「我保證不說半句話，絕對絕對不出聲！」阿牘央求。

「下次。」鋼筆爺爺瞇眼，眺望，心思早已走遠。

¤

「討厭！」阿牘嘟嘴，被拋下，心情差，他瞪著鋼筆爺爺的背影，口中喃喃：

「哼，我就偷偷地跟……」

一定有鬼！

何況昨晚還碰上鋼珠！

這樣、那樣加在一起，就是異樣！

非法海報，再加一樁！

阿牘嗅嗅這邊、嗅嗅那邊，他皺起眉頭：「哎呀！真想分身！」

「任務優先！」阿牘慢慢踱，遠遠地跟緊兩個公務員，卻又不時轉身，眼睜睜瞧著鋼筆爺爺的身影消失。

¤

一個男孩邊走邊回頭，踢踢蹬蹬的，是在練習點點舞嗎？

書堆廣場上的布告欄，一則非法童話被撕下了，但是，關於「豆豆買書」，大家的印象還在，也都悄悄琢磨著：沒有彩虹豆，如何買書呢？

這一個早晨，不書鎮安安靜靜，卻是緩緩掀開一場風波。還沒有人預料到什麼，僅僅鋼筆爺爺在筆記本上這麼記下：

紙是拍風的薄
墨吸臉熱
故事寫來鬥鬥貓鼠兒

4

漆漆

早晨？

真的！

那麼，摸黑摸到什麼？

鋼珠睜開眼睛，看見了，什麼都看見了，有床有書，自己的房間呵！有花草的馨香，還有食物的味道，奶奶正在忙著呢！

啊？

「床有點硬！」鋼珠挪挪屁股，再仔細一瞧：「書，在天花板？」

不對！不對！

做夢？

鋼珠立即跳下床，急問：「這是哪兒？」

衝下床，衝出房間，鋼珠立即抬手遮眼，停步，她喃喃地說：「夢境。」

¤

更亮！

更響！

更香！

只有夢境才會又薄又紮實又靜謐又混亂又安全又恐怖！可是，不對啊，她明明摸黑前往「勾勾林」……

鋼珠敲敲腦袋，責怪自己：「忘記重要的下半段！」

回家怎麼跟爺爺報告？

奶奶肯定也會罵人：明明有帶乾糧，竟然餓昏在路邊？

重點是：書怎麼藏？

¤

夢境！

絕對是夢境！

往前一步，便會跌落！跌回現實！

於是，為了證實自己的理論，也為了打破夢境的虛幻，鋼珠深呼吸，跨出腳步……

哎呀！

¤

哎呀！

果然重重摔落！

摔出夢境，摔在地上。

「好疼！」鋼珠撫撫痛處，她低嚎：「這夢推得太狠！」

摸摸四周，鋼珠摸到一團軟軟的熱燙，她不禁驚叫：「怪物！」

鋼珠以為下一秒就會被一隻大嘴巴吃掉……

喵……

然而這叫聲？

「貓！」鋼珠的驚恐頓時轉成喜歡，她甚至伸出手，想討一個擁抱。

小黑貓兩眼一怔，拱背，忽地一縱！

¤

擁抱？

貓？

然而，鋼珠空等。

「逗人！」鋼珠嘟噥。

「黏人！」一個沙啞的聲音竄出。

哇！鋼珠下了一跳，皮骨緊縮，她趕緊爬起，轉身，睜眼一瞧，看見一個老婆婆。

「稀罕！漆漆這麼黏人！」皺巴巴的臉龐笑起來依然皺巴巴。

漆漆？

黑貓的名字！

「喜歡妳啦！一定是看妳睡得那麼香甜！」老婆婆接著戲謔，但不尖酸。

看我？

睡相！

「討厭！」鋼珠直覺不妙，臉頰燒燙。

喵……

這一聲長長的回應，更讓鋼珠豎起了汗毛……

鋼珠發窘，她吞嚥口水，轉移焦點：「婆婆，妳……怎麼會在我的夢裡？而我……怎麼會在這……這裡，是哪裡？」

如果是夢，怎麼會摔疼？

如果不是夢，黑貓怎麼會不咬人？

鋼珠越想越迷糊，只好草草結論：我一定是掉進故事！

但是老婆婆不說別的，她瞇瞇眼睛，立刻說起正事：「妳想藏書？」

點點頭，鋼珠摸摸肩頭，這才想起「重擔」：「書！我的書呢？」

「裡面。」老婆婆頭也不抬。

「喔。」鋼珠轉頭，這才看清整間屋子的模樣。

書？

屋？

¤

哇！書屋！

一整間屋子都是書本！

「太神奇了！」鋼珠十分興奮，立即繞著屋子跑了一圈。

書，是磚。

書，是牆。

書，攤做屋頂。

書，攤做陽台。

人在屋裡，人在書裡，鋼珠暗自揣想：難怪我昨晚睡得那麼安穩？

而外面，書一鋪，連接成梯；書一疊，架高成桌。

書，有用。

¤

回到老婆婆身旁，鋼珠瞧了瞧黑貓，她插腰，厲色質問：「妳們怎麼會知道我的祕密！」

哈！哈！哈！哈！這一串長長的噴氣，輕視「祕密」的定義。

喵……這一聲長長的抖音，不用解釋，必有笑意……

「此處，『勾勾林』！」老婆婆指上指下，然後指著自己的一隻鼻：「妳要找的『藏書人』就是我，妳可以叫我『藏婆婆』！」

對了，勾勾林！昨夜，摸黑摸到底，終於看見一盞溫暖的燈。

而藏書？就是託給這麼一間書屋？託給藏婆婆？

鋼珠皺眉，感覺不太穩妥……

¤

「重點是，妳有沒有資格？」藏婆婆仍然沒有抬頭，逕自忙著，顯然尚未打算接下請託。

「資格？」鋼珠覺得詫異，她說：「我割了又割、捨了又捨，忍痛只留下幾本……」

哽咽了，鋼珠有點想哭，但是討厭的黑貓竟然撲到她身上，舔著她的臉，安撫她的糾葛。

「我只想為書做點什麼……」鋼珠收拾情緒，緩緩地說。

「是了，就等妳這一句話呢！」

「喵……」黑貓也撓撓舌，搔著鋼珠的臉兒。

「留下來幫忙煮飯？不行……掃地？嗯……」鋼珠願意交換勞役，她瞧見藏婆婆雙手忙著翻動書頁，欣喜問道：「曬書嗎？我願意！」

晾書，只要不下雨。

而曬書，得靠長日煦煦，則被鋼筆爺爺當成一年一度的典儀。

幫手的，自然是墨水奶奶和鋼珠自己。

但是藏婆婆眼下缺的不只一雙手而已，她緩緩抬頭，迎向晨光，偏斜的一張臉恰好半明半暗，她嘆了一聲：「掃毒比較麻煩……」

「但是刻不容緩！」藏婆婆隨即補充：「妳瞧，書頁中毒，文字將死！」

¤

中毒？

鋼珠走近，看見桌上一本大書，裝訂線露出，紙張即將脫散，那攤開的樣子，的確如屍……

「不是晾了、曬了？」

「毒液早已滲入。」

什麼毒？誰下的毒？

藏婆婆幽幽的說：「鎮長。」

怎麼回事？最愛讀書的鎮長？怎麼可能！

「他當然不會親手下毒，他總是假借愛書之名。」藏婆婆說得直接，毫不避諱。

那麼，即將到來的「參觀日」也是？

「他會支使『祕密毒者』。」

毒……這個字眼，鋼珠從未聯想到「書」。

「所以必須以毒攻毒。」藏婆婆平靜地說。

以毒攻毒！

鋼珠心中忽然湧現懼怯，她摟緊黑貓漆漆，抖顫地說：「要我殺人可不行……」

¤

藏婆婆突然放聲大笑：「哈！哈！哈！」

這一串長長的噴氣，忽略「殺人」的用語。

黑貓漆漆也張嘴：「喵……」

這一聲長長的抖音，稍加解釋，必能聽出是故意藏愚……

藏婆婆起身，從懷中掏出一本冊子，她撥動頁面，三言兩語解釋：「毒是毒液，提煉於草汁，所以，把草毒死，阻絕製毒。」

毒草，也許可以……

於是，鋼珠接下小冊子。

「不認識。」鋼珠翻翻小冊子。

接下小冊子，等於接過任務。

「這本是最新的毒草清冊。」

「還會增加？」

「不怕！」藏婆婆點頭：「暫時就這麼對付吧！」

毒草清冊，裡頭描繪一些草株，有些開花，有些結果，有的葉片像劍，有的根粗如蛇……總之，幾乎不認得，鋼珠不禁氣餒：「見都沒見過，如何下毒？」

「所以，漆漆會跟著。」

黑貓助手？

「頸圈上的鈴鐺藏著藥錠，小小一顆，就可以傳染一座香草園。」

鋼珠用手指掂了掂，鈴鐺無聲，感覺卻有顆粒撞擊。

漆漆豈不也成了祕密毒者？

而我呢？鋼珠一個哆嗦，不敢預想未來的行動。

¤

以毒攻毒。

第一步：搜尋祕密毒者。

第二步：辨識毒草並且確認毒草園的位置。

第三步：放毒。

於是，鋼珠揣著任務，跟著黑貓漆漆，離開書屋的藏婆婆。

¤

走著走著，鋼珠這才看清「勾勾林」的面貌，在當頭日照之下，樹幹彎曲，如人蹲踞，在閃動的日光之下，樹木彷彿開始扭動，跳舞！

「哇！」鋼珠看得炫目。

「原來這就是傳說中的『舞屍』！」鋼珠追逐光絲，把顫抖暫時掩飾。

「喵！」漆漆在叫。

鋼珠擠出微笑，抬頭，呼吸，用力呼吸，她想要消化所有的震驚，但是不行！祕密毒者。

以毒攻毒。

鎮長？鋼珠手心發冷。

「喵……」漆漆繼續提醒。

「好……」鋼珠嘴上回應，但是胸口起伏，渾身悶亂，她得找個法子，於是邁開腳步，狂奔！

喵！黑貓咆哮。

鋼珠急停，回頭也叫：「你只要管好你的毒藥！」

5 躺書房

一等員和二等員當然是回到「躺書房」。

躺書房，辦公室。

「那是童話，歸你管。」一等員不理，立刻把自己抛進躺椅，打算來個回籠盹兒。

二等員卻端起海報，說道：「審核海報是你的業務。」

一等員哪管！他一個側翻，繼續窩身，把公務丟在腦後，把二等員扔在一旁，也把那個非法童話扔得遠、遠、遠。

「怎麼……這樣……」二等員低聲嘟囔。

怎麼這樣！

趴在窗邊的阿牘也升起嘔氣，在心裡發出牢騷：躺書房，是叫你來躺的啊！

¤

躺書房，外形是橫躺的一本書，書背上，左側開門，右側開窗，最裡面配置一個小壁爐，爐火是假的，燒紅卻是真的，因為那是紅外線，可以燒水可以取暖，所以外頭凸出一支小煙囪，用來排煙、散熱。

躺書房裡，配置最少的員額，處理繁瑣的事情。

面對鎮民的第一線！

還得收拾爛攤！

「幹嘛一大早就來找麻煩！」二等員嘟噥，臉上露出無奈，但是一如往常不予反抗。他摸摸桌邊，按鈕，啟動辦公模式，兩面長長的牆面頓時變成螢幕，跑著密密麻麻的數字，兀自檢查檔案。

二等員一面打哈欠，一面轉身走壁爐邊的小小流理台，他拿了水壺，扭開水龍頭，裝水，煮水，然後為自己沖了一杯咖啡。

「嗯……」二等員聞香，好像吸吮一般，接著，啜飲一口：「啊……這就夠了。」

小心翼翼捧著咖啡，二等員回到躺書房中央的辦公桌前，他拉開椅子，坐下，看過去，越過一張桌面，越過一把椅子，再越過一個小小的通道，就看見一把凹陷的躺椅，而躺椅上，是已經熟睡的一等員，忽然動著唇舌，嘰哩咕嚕地嗔怒。

「啊……希望不要突然跳出來什麼『急件』或『最速件』，希望每天都很閒……」

二等員又喝了一口咖啡，轉頭，望向長長的電腦牆面。

「躺書房，是讓你睡覺的哪……」阿牘嘟噥，他趴在躺書房唯的窗台上，時而探頭時而縮腦，不讓二等員發現。

此刻電腦檢查完畢，畫面分割，有如書櫃一般，陳列著案卷與書籍。

¤

忽然，所有畫面合一，跳出鎮長的臉。

一張大臉，趕走所有怠倦。

「鎮……鎮長早！」二等員呼嚕問候，還有一點點咖啡沒吞下去。

不過，這聲音，也揪醒了躺椅上的一等員。

窗邊的阿牘閃得更快，藏頭縮尾，只留下耳朵豎著。

二等員吞下口中的咖啡，安慰自己：「不怕！不怕！」

一等員起身一瞧，瞪大眼睛，抱怨：「窮緊張！」

是的，其實，鎮長什麼也看不見！

因為鎮長還有更多重要的連線，對內的，譬如「毒委會」；對外的，譬如「書堆廣場」。而這一間小小的「躺書房」是行政系統最末尾的端點，管理文書，上面有許多大官，下面有很多小民。

也就是說，鎮長不會親自前來。

「喂！咖啡！」一等員揉揉眼睛。

但是，擅作威福的，一直都在眼前。

「一定有什麼大事吧？」二等員猜測，但也不敢忤慢，他立刻放下杯子，再次走向角落的小小流理台。

¤

「參觀日提前，就在明天。」鎮長在螢幕上宣布，「但是，記住！明天一大早再宣布。」

噗！一等員把第一口咖啡噴發出去，顯示驚訝以及不表贊同。

二等員倒是喝光，他望著空空的杯底說道：「這樣就來不及把書搬光。」

對啊！阿牘露出眼睛，把螢幕牆上的鎮真看扁了，他嘟噥：這個新鎮長要心機喔……

「趕死我們哪！」一等員氣得大口灌飲，下一秒就把空杯丟到桌上。

「要不……偷偷去講？」

一等員拉出指頭：「你去？然後你負責？」

「當……我沒說。」二等員摸摸鼻子，不再亂出主意。

所以一等員馬上分派工作：「計畫修一修！中午之前給我！」

呃……這就是全部的工作囉。

一等員瞅了一眼：「當然，電腦會做！但是你盯著！我出去鎮上轉轉，探一探風聲，說不定還有非法海報。」

呃……有趣的工作都被你挑了。

二等員悶聲，但是猛點頭。

「電腦，你小心用，別敲壞了！」一等員叮嚀。

二等員總是點頭，幽幽應和：「電腦也只會欺負我……」

阿牘一聽，輕輕噗哧，心想：兩個公務員的對話聽來幼稚，卻相當真實，因為，電腦不但占據房子，還搶走人的工作，上班，喝咖啡打盹，看起悠哉悠哉，但是，不用腦袋，也挺悲哀。

不過，這下子狀況變得簡單了，阿犢只要跟著一個，而且是耍詐的那個！可有意思呢……

「有事沒事都別找我！除非……」一等員伸出手指，「指」使顯然已經成為習慣。

二等員又點頭：「瞭解。」

快閃！阿犢立刻警覺：一等員要溜班！

阿犢轉頭，快躲！

6 阿櫝跟丟了

「哼！躺什麼書房！誰想一整天躺在書房！」一等員出了門，嘟嘟囔囔，他吐嘖，帶著煩悶。

我是躺著動腦筋！

而且，腦筋要動對地方！

辦公還得挪用私交，才能公私兩便……一等員心裡可是清楚得很……

¤

一等員沒往人多的地方走，反而閃到躺書房後面的小徑，再一晃，上橋，不一會兒便到了對面河岸，他似乎提防著什麼，邊走邊回頭。

阿櫝勉強躲在一叢灌木後面，觀察周邊，他嘆氣：「河邊，沒遮掩……」

還是得跟！

於是，阿牘晃了幾步，先暫且坐在河岸這一邊的堤防階梯上，半是假裝等人，半是樂得吹風。

河堤這邊，可以看清河堤彼岸，但是中間隔著一座小小島，綠樹幾棵，也有灌木花叢，一截短橋就跨上去，不算遠，也不算近，阿牘不怕把人跟丟，因為有一條長長的斜橋搭連彼岸，跑一下，應該很快追上。

問題是：這一等員還挺悠閒的！

「趕快去找誰商量呀？」阿牘被交代了：盯緊動向，因此不免有些著急，沒事可講，也挺沒趣。

問題是：這一等員竟敢不理鎮長的命令？

阿牘搔搔頭，皺眉：「反正我只管跑腿、盯人、報告。」

¤

連風也不跑了？

阿牘於是伸長頸子，啐了一口：「呸。」

然後趕緊把上身拉回，不料唾液轉彎、直墜，並未彈回，他起身，踏上階梯，回到堤岸，他瞧瞧四處，下了結論：「真是怪異，早上廣場明明聚集了那麼多人，這時候都到哪兒去了？完全不受海報影響？」

摸黑的我豈不做了白工？

阿牘正感頹喪，緩緩抬眼，忽然一驚：「不見了！」

一等員呢？

被一等員甩了？

「所以我被發現了？」阿牘懊惱，挽拳敲擊掌心，他東張西望他趕緊過橋橫越島心登上斜橋到了彼岸，「沒有半個人影！」

怎麼可能？

「明明一直沒有離開我的視線啊！」阿牘相當懊惱，難道是剛剛的閃神……

¤

阿牘站在斜橋頭，努力搜尋，卻又得不露慌張，隱藏目的。

「奇怪？哪兒不對勁？樹木長得怪怪的？」阿牘自言自語，不知道自己對於斜橋一帶幾乎陌生。

樹木很平！

阿牘發現蹊蹺：「對啦！」

於是阿牘伸手，眼看就要觸及之際，一聲叫喚從背後攔阻他。

「想爬樹啊？」

這聲音是？

阿牘轉頭，驚訝招呼：「鋼筆爺爺！」

「唷！」

「您怎麼在這兒！」

¤

「你怎麼在這裡探頭探腦的，想幹嘛？」鋼筆爺爺一邊提問，一邊張望：綠樹、灌木花叢、近的那一截短橋、遠的那一條長長的斜橋，河中，一座小小的小島。

「想幹嘛？」

四隻眼睛彼此探問。

「就……隨便晃晃……」

懷疑與詫異參半。

阿牘與鋼筆爺爺都有相似的反應。

阿牘想：鋼筆爺爺早上不是差點兒跟一等員槓上？

而鋼筆爺爺想：逛街閒晃的阿牘竟然發現這一道牆？

於是，各自偽裝之後，阿牘先問：「爺爺準備回家了嗎？我想去找鋼珠聊天行不行？」

「也許明天吧，我聽她奶奶說要教她揉麵？」

這算搪塞嗎？鋼筆爺爺嘲謔自己：竟然要哄騙小孩，這是亂了用一把年紀的威儀？這是敷衍吧？但是阿牘並不介意。

「肚子餓囉。」

「啊！我還沒吃早餐呢！」阿牘說真的，他拍拍空袋子，也拍拍肚子，忙忘了！

「要不咱們一起去廣場邊的咖啡館？吃吃喝喝？」

「行嗎？」阿牘掩不住興奮了。

「當然！」鋼筆爺爺誠意足夠，「我請你吃一頓！真不知道你在忙什麼？也許你願意把逛街的樂趣說一說？」

喔喔！

一定是想從我身上套出什麼吧？

「好喔！」阿牘立即產生警覺，但是表現喜悅，猛點頭：「沒問題！吃飽了，我什麼都說！」

7 墨水奶奶不在家

「奶奶！爺爺！我回來了！」鋼珠衝進家門，直奔廚房，她的聲音有點嘶啞，並未在屋內撩起回音。

水，在餐桌上。

鋼珠知道，這是墨水奶奶的習慣：吃的、喝的，全放在餐桌上。

「奶奶真好……」鋼珠捧起玻璃罐，為自己倒了一杯，「水真好……」再喝一杯！

鋼珠猛往嘴裡灌水，大口喝，大口吞，耳朵聽見自己喉舌之間的咕嚕聲。

「哇！」鋼珠解了渴，這才意識到腳邊一團：黑貓！

「你也渴了吧？」

「喵……」漆漆乏力，只是輕啾。

鋼珠轉身，拉開櫥櫃，翻出一個淺碟，也給黑貓倒水：「哪，你慢慢喝。」

漆漆立刻湊上嘴巴，先一舔，然後出聲：「喵！」

大概是好喝吧？

鋼珠看著黑貓的表情，給了微笑，說道：「下次再給你喝全世界最好喝的奶茶，奶奶特調！」

嗯……鋼珠忍不住閉上眼睛，吸吸鼻，意思是：不騙你，又香又甜啊……

黑貓漆漆沒抬頭，逕自飲水，幾乎就要把水喝光。

「要不要多喝一些？」鋼珠問。

黑貓漆漆抬眼，那意思肯定是：當然！

不過，鋼珠已經不見人，她衝回自己的房間，找出背包，塞入本子和筆，以及「一目瞭然」，隨即回到廚房，從櫃子抽屜裡抽出一條白布巾，抓起麵包又撈起蘋果，全部兜成一團，她頓了頓，看著地上那一團黑漆漆，心底盤算：兩人份？

於是鋼珠又多拿了一些，對著黑貓宣告：「走囉！」

黑貓漆漆偏著頭，露出質疑眼光：剛才明明叫人家慢慢喝，是怎樣？

「我帶了一瓶牛奶，等會兒再喝，好吧？」鋼珠把「誘惑」拎高，這麼一來，黑貓就會被迫抬頭。

喔……黑貓漆漆忍不住瞪起眼睛，舔舔嘴，意思是：根本就是又哄又騙嘛……

「怎麼不見人？奶奶呢？」

「來吧！」鋼珠轉身，望著偌大的廚房，忽然覺得不對勁，自己提問：

¤

總是有人的廚房卻沒人。

墨水奶奶出門串門？

鋼珠瞧瞧廚房：大鍋小鍋深鍋淺鍋依序排列，碗一堆，盤一疊，杯子也是，爺爺兩個奶奶兩個，自己一個，因為剛剛拿了一個來喝水，被放到餐桌上面。甚至，緊閉的火爐感覺還有一點點餘溫……

問題一：奶奶去哪兒？

問題二：食物都放在餐桌上，好像預知鋼珠會回來拿取一般？

問題三：難道是出了什麼事情？

問題四：我得去哪兒找人？

問題！

太多問題，怎麼辦？

「唉，最大的問題已經纏在身上！」鋼珠搖搖頭，打斷自己的思緒，催著同伴：「走囉！」

「喵！」黑貓漆漆給了一個短哼，提醒著：是妳自己拖拖拉拉！

¤

出了門，直奔河邊，過河，鋼珠循著小鎮外側河岸。

黑貓跟上，速度相當。

這時候，外堤沒人，因為大家通常會往內堤行踏，是了，聽說鎮上又有一家「書吧」開張，大家肯定都擠過去了吧？

這倒好，不會有人發現鋼珠匆匆忙忙，是因為後面追著一隻黑貓？

¤

我討厭匆忙！

鋼珠心裡為自己申辯。

安靜看書多棒……

鋼珠喜歡把自己丟到時空之外，閱讀一向就是最棒的選項……

可這會兒……鋼珠跑得好喘，她左看右看，沒人……她思前想後，自己一個人到底為何奔忙！

不過，鋼珠依著「直覺」：跑去舊塔那邊！

¤

一個小鎮空蕩蕩，其實全擠到一扇門前？

鋼珠嗅嗅，空氣裡瀰漫的安靜似乎藏了些詭異？

這一次玩什麼把戲？

鋼珠心中揣測，同時微微懊惱不能一窺究竟……

好嘛，好奇也是生活樂趣之一……

但是，毒書危機最急！

8 撲花

鋼珠加快腳步，目標在即：舊塔已經出現在眼簾邊際。

「我告訴你喔，我們這兒真的是一個很奇怪的小鎮，大家成天泡咖啡，就連我爺爺也是，每一家都泡過了喔，但是在家裡還是會泡喔，簡直把咖啡當水喝囉！」鋼珠一邊跑一邊說、一面搖頭一面數落、一會兒噗哧一會兒一邊嘖嘖。

黑貓漆漆沒吭聲，盯著河中，不時彈跳的水波。

水面清澈。

倒映兩個疾行的影子。

忽然，前面的影子煞腳，蹲下，小聲警告：「別動。」

後面的影子只消往一趴，立即沒入地下。

¤

啪啦。

啪啦、啪啦。

有人投河？或者在河裡游泳？

鋼珠在心底琢磨：可是，此時水流又淺又細……

¤

確認一下！

於是鋼珠緩緩拉長頸子，看見一團水花！

嬉戲的水花！

「撲成水花？撲，水花，撲花？」鋼珠臆測，嘴邊溜出一個熟悉的名字，她便稍稍抬眼，再確定一下。

嗯，是他，那一隻在鎮裡流浪的白狗。

鋼珠點頭，放心了，隨即起身，她望著，用眼神詢問，意思大抵是：撲花，你要去哪裡？

撲花，繼續撲出水花。

啪啦、啪啦、啪啦。

鋼珠看著、看著，嘴角也蕩起微笑的花。

白狗撲花，喜歡撲花，在繽紛的春天裡最常瞧見他，所以，鋼珠這麼稱呼他，白狗似乎也喜歡這個名字，也喜歡鋼珠的友善。

「居然也愛撲水哪！」鋼珠幾乎看得入神，那份快樂，真迷人！

¤

¤

「喵……喵？」漆漆出聲。

意思是：該不會……也撲貓吧？

「不知道！」鋼珠聽懂黑貓聲音裡的詢問，以及忌憚，所以據實回答：「不過，他向來安安靜靜的，沒聽說他會咬人，或者會追小孩。」

「喵、喵。」

最好是啦！

「你怕他？」

「喵！」

喂！

「放心！我不會讓他咬你！」鋼珠聽出抗議，立刻張開雙臂，表示保護的決心。

我猜，他甚至十分樂意看見你……鋼珠心裡想像著更好的發展……有個主意因此忽然跳了出來，她立刻噘起嘴巴，朝向河岸那邊，噓了噓：「撲……花……」

鋼珠招手，意思是：過來……這裡……

過去？那裡？

河岸另一邊的白狗拋來一雙本來矇矇的眼神，詢問之際頓時轉為澄明，甚至亮起星星！

所以，白狗撲花已經答應奔來？這裡？

咻！一根寒毛暴衝！

黑貓漆漆也搞不清楚自己的反應，是哪一根筋哪一條脈？因為，黑貓漆漆全身發僵。

¤

鋼珠蹲下，一手招，一手指著身旁的漆漆，輕輕低語：「這傢伙快要癱了，我也抱不動他了，你來揹他行不行？」

咻咻——是尾巴搖晃空氣的聲音，漂過河，飄進四隻耳朵裡。

「善良！」鋼珠立即稱讚。

黑貓漆漆看見了，那狗，看似溫順。

鋼珠拍掌：「多一個伴，也是有趣！」

黑貓漆漆聽見了，一睥再一睨，他心底想著：這個女孩，竟然還有玩興？

噗——白狗說來便來，他直接跳進河裡！

「喵！」黑貓嚇了一跳，連喵了幾聲，意思是：不急！不急！

然而，白狗撲花已經撲河！轉瞬便過一半！

¤

這一條河，名喚「腰帶」，蜿蜒上下，繞行四季，變也不變。

這一條腰帶河，平日看似寬闊，是因為鋼珠總在沿岸，很少涉足其中，此時卻在撲花的熱情縮短了河面。這一條河，深淺不一，偶爾滑過小舟，沒有阻力，偶爾游著魚，卻能看見河中錯落石頭，有凹有底，此刻，因為撲花的飛渡，讓鋼珠產生了淺近的幻象。

又淺又近！

真的！白狗撲花在水裡走跳如此迅速又輕盈！

鋼珠被逗得眉兒舒展，好像欣賞舞蹈一般：「沒見過撲花這麼高興！」

的確，流浪的白狗垂頭縮骨，迴避鎮民，幾乎隱形，而「撲花」之名，單單鋼珠一個人如此稱呼，白狗因此獨識鋼珠這麼一個「友人」。

¤

白狗踏出河水，輕輕甩掉身上水珠以及重量。

面目鎮定，但是眼神熠熠，撲花迎上女孩和黑貓。

「真巧啊！你出來散步？」鋼珠蹲下，撫摸白狗的額頭做為招呼。

咻咻——白狗撲花搖尾回應。

「漆漆！」鋼珠以友人自居，引介雙方：「撲花！」

黑貓瞄著白狗。

白狗瞅向黑貓。

「好啦！」鋼珠催促：「朋友們，沒空試探彼此了，接下來，你們倆得一起幫我！」

六隻眼睛，看了看，隨即傳遞同意。

9　一目瞭然

快！快到舊塔那裡！

鋼珠指向目的，再跑一里？

咻——白狗撲花撲地，意思是：「我揹你。」

「喵！」黑貓漆漆一愣，拉起頸子，偏過頭去，意思就是：不必！

黑貓快跑。

白狗隨後。

只有鋼珠還杵在原地，肩上披著秒披著分，但是心上砰砰跳，有了黑貓漆漆，加上白狗撲花，接下來，她自己也必須做點什麼哪！

¤

啪、啪、啪，那是鋼珠的腳步，最大聲，承受時間與空間的壓力，夾雜著背包裡的輕微撞擊。

倏倏——忽忽——則是白狗撲花的前腿與後腿交錯之時的風速，如果退後一百步，就會看見一個白點，正在漂浮。

最輕的，甚至無法掃塵，不過黑貓漆漆相當帶勁。

看見了！

一座破舊的塔樓。

一扇門，不掩不藏，光線肆意流覽。

¤

啪——噠——那是一支梯把最後的力氣慢慢啃光。

「呼！」鋼珠登上舊塔，立即把一身裝備卸下，她喘著抱怨：「樓梯竟然偷偷變長！」。

黑貓漆漆已經累趴了，就在樓梯最後一階。

「喵……」黑貓張口，有氣，無聲，因為，一條河已經夠長，加上一支「偷偷變長」的樓梯，簡直就是登天！

白狗撲花呢？什麼模樣？

¤

「快來看！風景很棒！」鋼珠很快就被撫慰了，她站在石垣邊，張臂擴胸，深呼吸。

黑貓漆漆勉力站穩了，先是仰頭，果然看見一小片藍色晴空，但是，黑貓忽然放癱，不想再動，只是稍稍拉長一腳，抬起眼表示喜歡，並且張口，給了十分微弱的一聲回應，那「喵」，幾乎無聲。

「是吧？」鋼珠自顧自的雀躍，再問：「撲花呢？你也喜歡吧？」

咦？不見影子？

鋼珠跑向樓梯，這才發現白狗偎在階梯轉角，於是叫喚：「撲花！快來撲風！這裡有最清涼的流風喔！」

¤

白狗撲花竟也腳軟！

原來啊，不是因為體力不支，不是因為舊塔的高度，而是因為階梯的數目！因為，那是根據人的碎步丈量的，不是給狗奔馳，所以，腳勁拘束，撲花哪裡能撲？盯著數著，數著盯著，幾乎暈吐！

¤

鋼珠把樓梯邊的裝備拉向地板中央，打開背包，她決定：「好吧，一起喘口氣。」

黑貓漆漆匍匐前進，三兩步便挨近了。

「來，補充體力。」鋼珠把背包中的東西盡數掏出。

白狗撲花鼻子一嗅，轉瞬撲了上來，全然脫下方才的疲倦，見到食物，簡直復活一般！

鋼珠點了點：蘋果、餅乾，兩分，但是，現在多了一張嘴。

「撲花，你餓壞啦？」鋼珠憐惜地問。

牛奶、水。

一只小碗。

「請用。」鋼珠將牛奶徐徐倒入碗中。

黑貓漆漆先舔了幾口，退了幾步，白狗撲花領情，接著便簌簌啜飲。

¤

鋼珠啃完一顆蘋果。

除了水，其餘都讓黑貓和白狗一起享用。

鋼珠拿出本子，翻開空白，畫了幾筆，小鎮輪廓簡單成形。

接著，畫出腰帶河：一條線，蜿蜒上下，繞轉，來回，稍稍描粗一些，雖說此時水流瘦弱，雨季一來，就會變成巨蟒。

接著，點了兩點：下面一點，標出舊塔位置；上面一點則是新鐘樓，鎮長的辦公廳就在旁邊。

「地圖……」把本子拿遠一些，鋼珠覺得滿意，她自言自語，其實要讓旁邊的一黑一白聽見：「多來幾次，你們就會跟我一樣，閉起眼睛，還是可以清清楚楚看見小鎮喔。」

但是，這一次得用上單筒望遠鏡：「一目瞭然」。

鋼珠走向石垣，左手端起望遠鏡，代替左眼，喔不，應該是相乘，遠視加上高解析；另一隻眼睛則是瞄著紙頁，找到相對位置。

黑貓漆漆恢復元氣，一縱，跳上石垣。

「喵……」黑貓漆漆四肢抓緊，聲音拉長，那是發出評判：石面斑駁，但是，堆砌還算堅固，可倚，可站。

白狗撲花接納了黑貓的意見，緩步向前，站定，隨即往前一撲，前腳搭上石垣，隨即轉頭一嚎，想必也贊同了：俯視小鎮，別有風情。

本來專注的鋼珠放下望遠鏡，瞧瞧黑貓，又瞧瞧白狗，然後笑了：「這裡是我的祕密基地，不要告訴別人喔！」

咻咻——是白狗撲花搖尾答應。

黑貓漆漆起先並不吭聲，繞著石垣走了一圈，回到原處，這才挑起眉毛瞪大眼睛，說了：「喵……喵……喵……」

那音調，在訴苦？在抱怨？

那表情，在警告？在討饒？

鋼珠被黑貓惹笑，她憋著氣，問道：「讓你丟了一條命？」

撲花忽然呶了一句：「忘！」

漆漆依然擺出一副黑臉：「喵！」

鋼珠收起嘻鬧，她瞪眼，瞧著白狗：「沒忘！沒忘！」

正事，一直掛在心上！

¤

「就是要確認地點！」鋼珠再度端起「一目瞭然」。

她索性先放下本子，起身，踮腳，掙些高度，好讓視野更遠。

黑貓漆漆安靜下來，盤在石垣上。

白狗撲花也懂，沒有打擾鋼珠的瞭望。

¤

鋼珠拿起本子，翻到先前圖繪的頁面，重新比對。

從腰帶河上游開始，屋頂在左手邊，右手邊的綠樹，高的不管，鋼珠標出低矮的點點點。接著河流轉彎，屋頂在右手邊，書吧也都集中在那裡，中間圍著書堆廣場，左手邊幾乎沒有綠樹，只有一排灌木沿著河岸站立。

點、點、點，鋼珠把位置標誌出來。

「咦？」鋼珠不禁伸長脖子，想要看清楚一些，但是她已經趴在石垣之上，「一目瞭然」沒辦法看得更遠了。

搔搔頭，鋼珠再把單筒望遠鏡對準河中小島，稍挪一些，她嘴邊喃喃：「那不是爺爺嗎？在那裡做什麼？跟誰在一起？小孩？」

阿牘！

鋼珠立即想到阿牘，閃出一個念頭，她轉頭詢問：「要不，乾脆先去找他們？」

多找幾個人幫忙？

行不行？

白狗撲花已經等在下樓的樓梯轉角了，他搖著尾巴，咻咻——

黑貓漆漆悠悠踱回中央，把剩下的幾滴舔得一乾二淨，然後抬頭發號施令了：

「喵，喵。」

鋼珠點頭，會意過來：「好的！我收拾！」

於是白狗撲花先行，黑貓漆漆隨後，一支看似登了天的樓梯，這會兒，瞬時縮短，下樓，幾乎沒有蘑菇！

也沒有磨難！

因此，當黑貓和白狗出了塔門，鋼珠旋即跟上，她笑了笑：「因為，我的背包變輕啦！」

喵！

咻咻——

黑貓漆漆和白狗撲花表示：是嘛，食物都吃進肚子了！

黑貓漆漆和白狗撲花拚了命的用四肢奪路，畢竟，是吃了鋼珠的食物。

喵！

咻咻——

然而，鋼珠倒是躊躇。

喵——

咻！

黑貓漆漆和白狗撲花一起煞住，回頭一瞧，鋼珠竟然仍在舊塔門前，皺眉，兩隻眼睛鬥著，不知道該走哪一條路。

「事情不能只做一半！」鋼珠想到地圖，那些點、點、點都是可疑之處。

嗯！我的任務！

於是，鋼珠點頭，決定：「不能讓他們毒書！」

10 萬能落頁劑

一張圓桌，攤平一座森林，做為桌布。然而，森林雖然是假的，那一棵棵樹木看來綠葉參差，滲透光絲，彷彿活著。

是活著！因為，桌子收起森林，變成書堆，接著，有幾本書慢慢浮了上來，底下的書便慢慢沉沒，變得模糊，相對地，浮出的書本漸漸清晰可辨，數一數，七本！灰色封面，左上角凹鑄著更深的灰色字體，然後，七本書像是各自漂流，又像是拋丟書名，桌布凹凸，總之，書也是活的！

接著，像是玩夠了，七本書找到各自的位置，稍稍微調姿勢之後，七本書，坐定了，書名隨即轉為銳利，明明白白寫著：《文字略》、《體裁略》、《情感略》、《思想略》、《想像略》、《結構略》、《編印略》。

這七本書，正是毒書會的《七略》。

桌布，七本書，坐定，報上名來，如同宣告某種儀式即將開始。

果然，祕密毒者的儀式開始了。

七個毒者起立，各自拉開椅子，趨前，靠近桌緣，伸出左手，恰可碰觸《七略》，一剎那，毒者頸上項鍊亮起。接著，七個毒者舉高右手，口中緩緩唸道：

讀……書……毒……書

讀，讀進一字一句

毒，毒進一字一句

滲透……滲透……

滲到故事裡頭，

滲到舌頭滲到眉頭滲到心頭……

¤

¤

毒書咒。

七個毒者的心法。

七個毒者各有專責，圓桌是記憶母體，儲存種種書籍，而七個毒者的項鍊僅僅是儲存單元，只能下載工作所需的相關資料，譬如《七略》，可以互相支援也可以彼此提醒。

項鍊墜子裡，《毒草經》是唯讀檔案，為了研毒，這一部大經，更是非讀不可。

至於執行細則，全憑毒者權衡，可刪可修。

¤

嚴肅的儀式完畢，桌布再度混沌，好像桌子裡的時空搓了又搓、揉了又揉之後，種出一座「漂漂」、「亮亮」的「毒草園」。說是「漂漂」，因為虛擬，理想上，應該把有用的毒草全部種齊；說是「亮亮」，因為連線，實務上，每次毒書會最好能分享最新情報，也就是說，祕密毒者們寧願掛萬也不能漏一。

忽然，桌布變換，下一瞬，桌子宇宙的深處慢慢「推」出一個物件。

推上來，再推上來……

一個小瓶子。

¤

七張嘴巴，閉得緊緊，因為全神貫注，用十四隻眼睛盯著一個小瓶子。

正確來說，七個毒者盯的是瓶內的液體。

顏色，一如橙皮。

光澤，忽幽忽明。

上面的標籤清清楚楚寫著：「落頁劑」。

「能毒幾行？」

「需要幾滴？」

「最好沒有異味。」

「萬一傷到人體可不行。」

「重點應該放在：提煉容易。」

「會不會汙染土地？」

你一言，我一語，六個毒者本來自言自語，忽然全部轉頭，衝著一張臉，重述自己的問題，想要問個仔細，但是，太急！六張嘴一起說話便混淆了六個問題，根本沒有回答的空隙。

終於，那一張冷靜未吐半字的嘴巴雖然一直抿著得意，蘿蔔毒者此刻也不免漸漸露出笑意，沒有諸多解釋，卻用了一個簡答回覆所有疑慮：「我想暫時先叫它『萬能落頁劑』。」

暫時？

六顆心猛然一揪，連名稱都想好了，哪裡只想「暫時」而已？

「試過了？」

回答是：一個點頭。

「好用嗎？」

回答是：兩個點頭。

「有幾瓶？」

回答是：連續點頭。

真的是！不只虛擬而已！

哈！

六個「哈」重疊，疊出六倍的詫異，掩飾乾急，六顆心因此懸在一起，卻是無處安頓，六張嘴只好佯裝，放聲大笑，又拍手又拍桌，希望先前的不安與焦躁同時一掃而空，然而短暫的嘻嘻哈哈之後，面龐居然自動拉長，嘴內的口水各自暗暗吞嚥，因為，較勁的鬥志開始悄悄蔓延並且控制肚腸。

「什麼草這麼厲害？」

「能不能立刻量產？」

「配方呢？」

是了，這便是關鍵，六雙耳朵瞬間拉長。

「配方？可能還要調整劑量……」蘿蔔毒者依然面露謙遜與保守，毫無全盤揭露的快欲，只是淡淡說道：「應該先給鎮長看看，至於後續如何？改天再來討論。」

六張嘴巴瞬間堵塞，因為「鎮長」二字，更因為蘿蔔毒者的心眼……是想爭什麼頭銜……

「也行。」

「不如試試藥效，如何？」

「對！給咱們瞧瞧！」

「挑一本書。」

立刻有人從牆上書櫃抓出一本實驗書。

實驗書，被攤在桌上。

「萬能落頁劑」呢？

「沒問題！」得意的臉展露自信，緩緩從懷中掏出寶物，攤在手上：「等著瞧，這小小、小小的一滴！」

「萬能落頁劑」是真的已經提煉了一瓶！不是虛擬！不僅僅只是上傳到記憶母體的說詞！

糟了！

蘿蔔毒者到底偷偷進行多久了？竟然還隨身攜帶真瓶！

該不會準備量產了？

豈有此理！

¤

六雙眼睛同時瞪大同時湊上前去，同時覺得好奇與懷疑，因此，一半注視左翻頁，一半凝盯著右翻頁，幾乎鬥眼！

一滴！

只見蘿蔔毒者從口袋拿出一個盒子，他打開蓋子，掐出拇指和食指，從盒內拿出一只小瓶，先把盒子收進口袋，然後，小心翼翼地，他一邊揑住瓶身一邊旋開瓶蓋，讓瓶身緩緩傾斜，他盯住瓶口，口中喃喃：「可不能浪費哩！」

一滴！

一滴「萬能落頁劑」就這麼滴落紙上，然後滴入字裡行間！

頁面頓時變得清爽！

就這樣，攤在桌上的實驗書被淨化了，左頁的腥、羶、色被洗去，右頁的晦、澀、鄙、俗被抹除，而且，有隱隱約約的白色煙絲飄浮，那一滴，似乎正在繼續向下滲透，滲透整本！

「真的只要一滴！」六張嘴巴掩住震驚。

蘿蔔毒者也覺得滿意，但是他表現謙虛：「期待效力可以翻倍，大家就會非常省事省力。」

咦？省誰的事？省誰的力？

六個毒者聽出話中有話，因此同時瞅向蘿蔔毒者，意思是：「這是在排擠？」

「怎麼會呢！」蘿蔔毒者轉開頭，輕輕撥開質疑，小心翼翼地，他拴緊瓶蓋，再從口袋裡撈出盒子，把小瓶收了進去。

¤

萬能落頁劑真的萬能？

一次解決所有問題？乍聽之下，的確省事、省力，但是……

六個毒者從此變得多餘？

不行！

水芹毒者、薺菜毒者、鼠麴草毒者、繁縷毒者、寶蓋草毒者、蔓菁毒者不禁暗暗為著自身的地位與處境憂慮……

這個蘿蔔毒者啊，哪來的毒草？如何提煉毒液？

¤

「那麼，散會吧！」蘿蔔毒者收好毒液，也收起意興。

「分享配方吧？」鼠麴草毒者立刻開口。

「對！一起幫忙！」繁縷毒者附和。

薺菜毒者拉拉項鍊墜子，說道：「先把資料傳輸過來吧！」

寶蓋草毒者盯人了：「讓我到府上見習吧！」

水芹毒者點頭：「我跟！」

「六個一起，這才叫省事省力！」蔓菁毒者抓緊時機，總結一句，同時施加壓力。沒錯！

六個毒者一齊點頭。

祕密毒者向來各自尋方，不屑互助，然而此刻六個毒者必須示弱，改日才有機會追趕，甚至領先。

但是蘿蔔毒者不搭不理：「我已經跟鎮長約好了！」又搬出鎮長！

六張嘴暗暗咬緊牙關，那發恨的筋肉在面龐上扭動，但是口舌只能服軟。

鼠麴草毒者打趣地說：「我只好打個報告，直接向鎮長求教！」

其餘五個毒者緘默了。

「也許改天鎮長的命令就會下來了！」蘿蔔毒者預告，忽略所有的厭憎。

水芹毒者點頭：「我等著！」

等著囉……六個毒者心頭慢慢積壓出孤危，以及詛咒。

蘿蔔毒者則是企盼小成做大，最好是獨大！所以他暗暗冷笑著：你們啊，等著吧！

11

飛文與錢文

鎮長的命令下來了！

一紙「飛文」，浮貼在桌上電腦的螢幕。

竟然與「參觀日」無關！

「真的是……說改就改……」二等員嘴邊叨唸，心裡其實已經準備接受任何狀況，據說，鎮長的命令，就跟他翻臉一樣。

「哇！」二等員被嚇了一跳，他趕緊離開椅子，立正，盯住鎮長的臉。

鎮長的臉！

大面牆搶奪小螢幕的發布權。

「鎮……鎮長好！」二等員慢慢拉回椅子也慢慢拉回驚魂，他真的忘記了：鎮長遠在「線」邊，躺書房沒有裝配眼線！

待在躺書房，大概只有這麼一些優點……

「各位公僕，『書房計畫』已經公告，之前的『參觀日』只是細節之一，可以同時施行，但是，『書房計畫』才是最美好、最遠大的願景，因此，各位公僕啊，要先讓鎮民瞭解，要讓鎮民配合。總之，任何措施，周延才有說服力，完備才有推動力，鎮民都滿意了，就會增加執行力……」

¤

嗯！

說得對！

二等員感受鎮長的魄力，以及「迫」力。

¤

一個鎮民一張嘴，要讓每個鎮民覺得滿意簡直不可能，鎮民啊，就連聊天、磨嘴都會出事，所以，公僕，每天有事。

二等員啊，十分明白清楚所謂「辦公」是怎麼一回事。

「不能什麼都趕呀……」二等員喃喃吶吶，理該大聲一點，說給鎮長聽見，然而，鎮長的臉被一格一格螢幕放大，兩隻眼睛也特別招瞪，不僅瞪出專斷，也瞪出意志，意思就是：不容爭辯！

唉，鎮長果然善變……

善變，趕走所有悠閒。

嘟！

就連「錶文」也開催了！

二等員提起手腕，用另一隻手的食指輕敲手錶，一條短訊顯示在錶面：「立即前往書堆廣場。」

快！快！

拿資料！

大抽屜！小抽屜！

在哪裡？

沒有紙本！沒有記憶！

二等員習慣抄寫文件，記下重點，安排先後順序，偏偏鎮長廢「紙」，大小公務都給電腦管理，說什麼「飛文」世紀，推什麼「錶文」訊息……

在哪裡？

「可惡！誰來翻我的筆記？」

越翻越急，兩個抽屜已經脫序。

越想越氣，二等員只好調閱飛文。

¤

「資料在哪？」二等員迅速鍵入字串，他又敲了幾個關鍵字，他拍桌子，質問電腦：「沒有！為什麼沒有檔案！」

沒有檔案，所以那是密件？

而且是二等員層級無法調閱的極密！

¤

嘟！嘟！

「錶文」繼續催促。

「催什麼催！」二等員拍桌。

從沒聽說，沒人見過。

「我……這是怎麼了？」二等員也被自己嚇著，撫著手，因為手痛，也撫著心窩，因為膽怯。

沒資料，怎麼說？怎麼能說依「法」有「據」呢？

「該不會有人偷了？」二等員搖頭，立即想到：「或者故意藏了？」

二等員趕緊跑到門口，貼著門扇，聽聽外頭：遠遠近近沒有人聲，也沒有腳步聲。

於是，他決定了：有一個地方非搜不可！

¤

快！快！

二等員兩手發抖，趕緊從口袋中掏出萬用刀，拉開尖銳，對準鎖孔，他一手撬入鑰匙孔，一手握住抽屜把手，他閉上眼睛，拋開煩亂，專注，傾耳，他一扭一拉、一推一扯，喀！

抽屜裡什麼都沒有！

「不可能！鎖得這麼認真，一定有什麼！」二等員壓抑無名慍火，蹲下，一面瞧抽屜內部，一面探手摸索。

啊！有了！一張紙？

喔不，應該是一個信封，黏貼在桌板下面！

二等員叨唸：「難怪，乍看空空的！」

也就是說，這一封，不能洩露……

¤

蹲著，看完文件，二等員心底有譜了：鎮長玩陰的！

「難怪敢說敢做！」二等員回想近日的行政程序，只能說：太「跳」了！

跳著說，沒說的便是密謀。

跳著做，沒做的未必放過，下一瞬就會是獅子開口。

「喔……」二等員渾身哆嗦：「我可不要被吃了！」

所以，跳著想嗎？

「我該怎麼辦？」二等員敲敲腦袋。

嘟！嘟！嘟！

洶洶的「錶文」阻攔思想，逼催行動。

二等員趕緊把公文密封放回原處，抽屜上鎖，他起身，揉揉腳，然後號令自己：

「繼續跑腿囉！」

跑腿，跑道兒，也許能夠嗅出一些什麼？

什麼呢？

12 非法童話續集

書堆廣場，光芒四射，因為太陽抵達第一本書的正上方。

這時候，應該沒人，因為大家都已經坐定，不是在附設咖啡桌的書店就是在附設書店的咖啡館，因為，對於鎮民來說，邊喝咖啡邊看書以及邊看書邊喝咖啡其實就是一回事。

「萬一沒位置……」阿牘心裡嘀咕，他抱著肚子。

咕嚕。

咕嚕。

鋼筆爺爺微笑，說道：「放心，有我專屬的桌子。」

「真的假的？」阿牘充滿期待，不禁羨慕：「等我長大以後，我也要有專屬的桌子。」

「喔？那麼，要不要幫咱們家鋼珠留一個位子呢？」鋼筆爺爺笑問。

阿牘臉頰脹紅，噘起嘴，溜動眼珠，支支吾吾：「那……那有什麼問題……」

¤

書堆邊，陰影裡，有間木屋幾乎隱形。

阿牘覺得陌生，心中納悶：幾時開的？

鋼筆爺爺推開門，一聲招呼相迎：「午安。」

往內走，繼續往內走，怎麼越走越深？阿牘以為進入長廊，不是！原來是繞了一圈，走到樓中樓，就在入門上方，開著一扇小窗，果然有一套桌椅，安安靜靜等候，而且，旁邊沒有半個人。

「哇！夠亮，但是夠隱。」

「唷！瞧你小小年紀，這麼有眼光！」鋼筆爺爺攤開手，介紹：「也就是說，可以聊聊祕密。」

祕密？

「我哪……哪有什麼祕密……」阿牘發怔，他放下袋子，趕緊把自己一併暫時藏進椅子裡。

「好啦，不是要逼你，先不說這個，吃東西！」鋼筆爺爺拍拍肚子，笑了：「我也餓了，想吃什麼，你儘管點。」

¤

餐後，咖啡上來了。

阿牘的犒賞是：香草冰淇淋！

「哈，你跟我們家鋼珠的嗜好一樣！」

「嗯！」阿牘點頭：「我喜歡簡單。」

鋼筆爺爺吮了一口咖啡，說道：「站在簡單的原點，就能識破花樣。」

識破？

花樣？

阿牘聽出話語裡的層次，但是抓不到箇中隱含，只能繼續舔著、聞著冰淇淋，讚嘆：「啊！幸福的滋味。」

鋼筆爺爺被逗得連眉毛也在笑，嘴上卻是輕輕一哂：「那是小孩的幸福。」

「啊，『大人』的幸福！我知道！」阿牘自以為是，說得喜孜孜，而且停不住：「就是跟大家一樣，泡咖啡，聊是非。」

是非！

鋼筆爺爺一瞪，意思是：我可不！

「喔！還有看書！就像爺爺現在坐在這裡的樣子！」阿牘看懂眼色，立即補充。

「是也不是。」

咦？

鋼筆爺爺啜了一口，繼續迷惑：「表面上可能是，實質上未必如此。」

阿牘望著空杯，忽然覺悟：「我把幸福吃光了！」

¤

「接得好！了不起的哲思。」

「怎麼回事？我是說冰淇淋。」

鋼筆爺爺轉身，從背包裡掏出一疊紙，他慎重地掀開一張，攤在桌上：「那麼，你來讀一讀。」

讀？

密密麻麻的字。

阿牘點頭，於是找到第一個字，開始閱讀：

蠹柴坐在廊下，望著庭院，發呆。

而蠹米，沒書啃就沒精神，整個癱軟，像鋪平的一張獸皮，失了魂，丟了肉體。

「得想想辦法！」蠹柴掏出所有的大豆，排開，他一邊數一邊撥開豆子：「麵包一條、兩條、蘋果一袋、兩袋，醃肉一條、兩條、小黄瓜一袋、兩袋，不行！麵包得多配兩條，喔不，三條好了，啊，這麼快就沒有？」

啊！預算錯誤！

蠹柴把大豆弄混，叨唸：「再數一次！」

於是，麵包、蘋果、醃肉，用馬鈴薯取代小黄瓜？

或者拿掉醃肉，只要麵包和蘋果呢？

蠹米雖然四肢無力，腦子卻是清楚，也明白蠹柴努力張羅三餐，喔不，也許只要兩餐，一餐啃書！

呼！呼！

一陣煙翻進院子，是一隻烏鴉看準了廊下的豆子！

撲！撲！

烏鴉展翅，同時探刺喙子。

蠹柴急忙收拾，可是，被撥開的豆子，東一堆，西一堆，全數入袋，豈是一下子！

嘟！嘟！

大豆滾溜，動也不動的那一顆，轉眼之間就被吞下烏鴉的肚子。

「快！掐住烏鴉的脖子！」蠹柴大喊。

蠹米忽然清醒，回應：「喔！」

¤

喔！我想起來了！

阿牘忽然清醒，眼睛睜亮，腦袋清明，他把故事接續起來了，還有，自己的任務！

「蠹柴和蠹米！」阿牘好像叫著熟悉的人物和名字：「就出現在書堆廣場那一張非法海報上的故事！」

非法海報！

問題是……我沒接「單」！

更大的問題是……鋼筆爺爺絕對不是那個委託人！

阿牘抬頭又低頭，看著故事又瞧著鋼筆爺爺的臉龐，心口也上上下下，在可能與不可能之間擺盪，因此，他按捺疑問，繼續閱讀故事：

「不要讓他吃掉我們的豆子！」蠹柴指著烏鴉大吼。

蠹米不知哪來的一個猛勁，他把自己拋向烏鴉，沒揪到脖子，但是摸到硬翅，沒抓住鳥肚，但是碰到屁股，就在那一瞬，烏鴉驚嚇，而且嚇出一坨屎，喔不，似乎是排空鳥腸的樣子，一坨又一坨，有乾有溼。

「布！」蠹米感覺臉上也有屎熱，不敢亂抹，只能求助。

「不！」蠹柴震怒，瞪著烏鴉拚命振翅。

「布！乾淨的布，幫我擦屎！」蠹米捏緊鼻子。

「吐……」蠹柴無奈，因為損失一顆大豆，而烏鴉，又是一陣煙似地飛出院子！

布？根本不需要！

只要拉起衣角！

蠹柴心裡嘟噥，湊上前去，，準備拉起衣角，這才發現屎中「好」物，他緊緊盯住：「好像是豆子……」

屎！

烏鴉屎！

蠹米不肯相信，繼續用兩指阻止鼻子吸氣。

「真的！你瞧！」蠹柴從蠹米臉上挑出一顆東西，放到眼前，打量清楚，因此十分肯定：「沒錯！真的是豆子！」

真的？

是小豆還是大豆？

蠹米睜大眼珠，推估：「烏鴉從別處搶食豆子，然後給了我們？」

喔，這麼仁慈！

嘿，是給了一團屎！

一團！

蠹柴和蠹米幾乎同時撲向地上，找屎！

棍子！

樹枝！

是了，烏鴉拉在地上的屎堆一定裹著更多豆子！

蠹柴和蠹米熱切挖開烏鴉之屎，一顆又一顆，有大有小，總共找到七顆大豆和八顆小豆。

「謝謝烏鴉！」蠹米忍不住歡呼。

看著屎中復活的豆子，蠹柴想到更棒的點子，他說：「不如咱們把這些豆子繼續埋在屎裡，喔不，是土裡！等發芽，等開花，等結果……」

院子！

豆子！

啊，美麗的構圖……

說做就做，蠹柴和蠹米立刻找出工具，一把生鏽的鋤頭和一支圓鍬勉強派上用場。於是，蠹柴和蠹米合力，暫時忘記煩惱，花了整整一個下午，整理雜物，挖掘泥土，院子一角終於被翻成田畦，烏鴉屎被當成第一把肥料，摻進泥土。

豆子！

院子！

蠹柴和蠹米坐在廊下，望著庭院，眼睛露出光彩，映照晚霞的燦爛。

¤

「謝謝烏鴉！謝謝烏鴉！」阿牘也跟著歡呼。

「種豆得豆」啊！

這麼一讀，阿牘竟然明白一個總是信口說說的道理！

「怎麼樣？」鋼筆爺爺細聲問道：「讀到這種故事是不是覺得很幸福？」

幸福？

故事也能帶來「幸福」？

阿牘又把故事瞄了一遍，偏著頭想著：有意思的故事，但是不能當飯吃，不過，讀完了，整個人感覺很舒服……

「但是，有些地方沒弄清楚……」

「當然，那叫『伏筆』，寫故事的人就是要你動動腦子。」

「萬一想不出來呢？或者想錯了呢？」阿牘微微頹喪，勉強承認：「我有點懶……」

鋼筆爺爺坐起身子，神情當真：「故事啊，總是願意等待，只要把它印成一本書，人物和情節一直待在那裡，任何時刻，一翻開書頁，故事就會上演，每次看，每次想，不懂的，想通了，懂一點，也許還能貫通兩、三點。」

喔……阿牘張口，但是話哽著……

鋼筆爺爺怪怪的……

幹嘛跟我講這麼多？

非法童話，出續集了？

而且已經印好一疊了！

「這……那……」阿牘問得迷糊，因為覺得迷糊，只能抬頭又低頭，看著故事又瞧著鋼筆爺爺的臉龐，腦袋也混混沌沌，仍然無法在「是」與「不是」之間決定或判斷。

¤

「總之，要你幫忙。」鋼筆爺爺小聲說明：「看你的本事，能貼就貼，可以丟進信箱，如果信任，直接塞進手裡，也行。」

喔！原來如此！

要我接「單」？

大單，是海報，散播「非法童話」，已經貼在最醒目的地方，引起好奇，也惹上麻煩，任務完成！

跟我講「本事」？

阿牘心裡哼了一聲：而眼前這麼一疊，小單！況且塞進信箱，塞給人，怎麼看都比大單簡單！

因此，阿牘立刻答應：「行！」

「這是『非法』童話喔，你不怕？」

「怕？當然！」阿牘抱胸，裝出驚慌，旋即張口哈哈，掄拳擊胸，撂下大言：「我早就練出膽量！」

「別那麼誇張好不好？」鋼筆爺爺雖然忍不住發噱，仍然叮囑：「不能大意，這事兒關係重大，是咱們的幸福哪！」

又是幸福？

不聽故事會怎樣？

阿牘敲敲腦袋，慢慢把線索揪到一塊，他驚呼：「重點是紙！」

還有故事！

鋼筆爺爺皺眉，緩緩吐出一字：「書。」

13 大書房和小書房

「對！重點是書！」書堆廣場上，鎮長的臉盤據大螢幕。
「書？」
「我家早就沒書了！」
「不是聽說還有最後一次參觀日？」
「是啊！是啊！」
「最後？其實只剩幾戶……」
「不是幾戶，就是那一戶！」
「以後家家戶戶只剩大螢幕……」
一等員放任這些嘰哩咕嚕，掩蓋鎮長的聲音，然後，他等到鎮長說話的縫隙，敲敲手錶，讓書堆螢幕暫停，適時插播解釋令：「對！重點是書！是大書還是小書？請大家自行勾選，不明白的——」

「請到這裡！」

「請到我這裡！」

一個聲音搶入，正是二等員。

「請到我這裡參考紙本！」二等員努力讓上氣接通下氣，他高高舉著一張紙，並不知道自己正在一邊煽動大家的注意一邊打亂一等員的算計。

二等員喘呼呼，總算在人群後端及時補述。

¤

轉頭。

轉移關注：原來還有樣品屋……

轉動疑惑：怎麼從來沒聽說？

每一隻耳朵都找紙張聲音的來源。

「是的！」一等員暗自耽驚動氣，但是面上無波，他說：「我們特地準備了樣品屋！樣品屋紙本！如果方便，可以現場勾選，沒到現場的或者還在猶豫的，明天務必做出抉擇。」

「會不會太突然！」

「你是不是還想考慮幾天？」

「什麼也沒聽說？」

「誰不是忙著工作！」

「你不知道書房計畫已經通過？」

「誰知道公告閱覽期間已經過了！」

一等員不再放任這些嘰哩咕嚕，他指向書堆螢幕上鎮長的臉，重複一個關鍵：

「對！重點是書！大書是完整版，小書是簡易版。」

¤

「內容是書！」

「形式是房子！」

「大書房，讓你游書海；小書房，由你開書單。」

「大書房，每日更新；小書房，一年一換。」

於是，書堆廣場上的大螢幕，鎮長的宣示開始了重播循環。

「今天截止。」一等員不得不提高嗓子，逼促大家認真把它當成一回事，也好讓他能夠交差、能夠了事。

嘰哩咕嚕，是不滿。

嘰哩咕嚕，是埋怨。

嘴巴打開了，眼睛難免擱置，難免疏忽，大家全然忘記了：書堆螢幕正在側錄。因為，不滿只能跟埋怨彼此傾訴，因為一等員總是敷衍，而二等員總是搪塞，躺書房啊，什麼也使不上力！

一堆埋怨的結論是：「關起門來暗算人。」

一堆不滿的結論則是：「開門請來大凶神。」

不滿跟埋怨加在一起，怎麼得了？

二等員於是搖搖手中的那一張紙上樣品屋，努力擠出美麗的形容：「大書有大門，游進書海，只要彈指；而小書……小書有小窗，探進書鄉，只要穿牆。而且……而且……不怕蠹蟲！不用曬書！」

¤

這邊給了一眼，那邊丟來一瞥，猶豫和遲疑交疊，交織鎮民心中聳動的不服從，疊出煩言和碎語。

「『書房』真的那麼棒？」

「為什麼非得拆屋子？」

「能不能改裝？」

「或者只安一個螢幕，好像個人書包，任何時刻、任何地點都可以連上雲端書庫？」

「雲端哪來書庫？」

「技術難道無法克服？」

「根本想控制？」

「老早就被監視！」

這邊一嗟，那邊一嘆，興致嘩啦啦，腳步踢踢躂躂，各自走遠，評論卻被一一收錄，最大聲的當然逃不了廣場上的書堆螢幕，最小聲的怕也躲不掉兩個公務員腕上的手錶，嘰哩咕嚕，嘰哩咕嚕，從不同的裝置全數匯聚，流入鎮長的祕密信箱，然後一一編碼、轉譯，存進鎮長的「手寫板」。

關於新政，鎮民似乎心裡有數……

關於民氣，一等員日日目濡，心底擊鼓：挑戰言語免責權，有事儘管吐！

關於民憤，二等員夜夜耳染，但是，他胸口撲撲：怎麼說都好，可千萬別惹事……

鎮民才走光，一等員立即招手：「你那張什麼紙？給我瞧瞧！」

¤

樣品屋？

¤

真是的，飛文和錶文沒提半個字！

一等員心裡嘀咕：我都沒瞧過，怎麼這個下屬？竟然有了密「紙」？難道真是錯過了鎮長的密旨？鎮長的祕密圈不再需要我？我已經被踢出？

¤

噗哧！

一等員的口水噴濺，手上的紙張遭殃，射出幾滴水印，一等員還不放過，直對紙叫囂，一邊嗆言：「這是什麼密紙！什麼樣品！」

二等員滿臉脹紅，囁嚅解釋：「這是我……我畫的『想像書房』……」

「書房怎可以想像？喔不……」一等員想了想，修正問題與方向：「亂畫！亂畫！你怎麼敢？那是鎮長的權限，喔不……我到底應該怎麼講？」

「我是按照文字形容……」

「對了！你看到了文字？在哪兒？啊哈！你偷開了我的抽屜吧？」

總算！

一等員自己也送了一口氣，跺腳，質問：「你看了密件！對不對？」

推出重點！

二等員低眉接著低頭、低了脖子、低了胸膛、低了腰，幾乎一整個人就要趴在地上，他的確做了，所以他認了，但是他反詰：「幹嘛瞞我……」

「因為……鎮長命令，越少人知道越好。」一等員偶爾也會表現憐憫，就連自己也吃驚，因此隨即收起，改用官腔謬言：「為免事倍功半，如君所見，說服一群人十分困難，為了推動政令，必須瞞著幹！」

「話是沒錯啦……」

「不過說實在的，你的書房，畫得挺……像，跟我的想像很相近，也許，差不多就是那樣。」

竟然獲得讚賞，這……在平日幾乎不可能……

二等員慢慢打直腰桿、打直背、打直頸，然後挺起胸膛，他的眉雖然還黏在眼睛上面，卻是凌風一般，幾根毛甚至抽長，他的眼睛閃亮，說道：「希望可以打動鎮民……」

¤

大書房和小書房。

兩間樣品書，站在紙張之上，是二等員的描繪。

線條是直的，但是想像能彎，大書房三層，書背為頂，可以拓成一座花園，讓四季流連；紙張是平的，但是想像能鑽，小窗下，有茶几，茶几上有一組茶器，白瓷、單柄，似壺似瓢，右手傾倒左手拿執，壺面和杯面都是直角的平面，拉整了躁動的心緒。

大書房滿足大家庭，書籍種類繽紛。

小書房照顧一個人，再「偏」、再「癖」的書都能擁覽。是啊，這一張樣品屋，正是二等員一邊想像一邊運筆之作。

「內容是書！」

「形式是房子！」

一等員不禁複誦鎮長的政令，搖頭嘆服：「深奧，漂亮，創造模糊，便有了模糊的時間與空間。反過來說，鎮民一旦選定，就玩完了……」

二等員聽得惶恐，自言自語：「那麼我的樣品屋豈不成了幫兇？」

「不只樣品屋！不只現在！」一等員指著自己的鼻頭：「咱們早就脫不了干係，雖然我常常關在『躺書房』裡……」

¤

躺書房！

對了！躺書房其實也是計畫之一！

二等員忽然看清：「哎呀，我真鈍……原來鎮長是這樣玩陰的！」

「哪裡是陰的！根本是公開進行！」一等員點破。

「沒錯，就連我也開始覺得『躺書房』是個不錯的設計……」二等員又覺得垂頭喪氣。

不書鎮，名副其實。

飛文，把人綁在裡面；如果人在外面，就用一條錶文繫住你。

「所以，敏感的鎮民有嗅到風向？」

「一定有！所以才有非法海報。」

「哎呀，我又忘了……」二等員拍拍腦袋，怪自己始終跟不上……

「可你竟然搜到那一封密『紙』，」一等員瞪起眼睛。

「我只是輕輕撬開……」

「所以才說紙本藏不住祕密，也就是說，滅紙、滅典一起隱藏在『書房計畫』裡！」

¤

滅紙？滅典？

一等員敲敲手錶，找到一則錶文，朗讀：「書房計畫，把買書的大錢小錢通通省下。」

對啊，鎮長的口號！

二等員渾身顫慄，嘴唇哆嗦，暗自思索：「書房計畫」真的這麼可怕？

「不過哪，天高鎮長遠，管不到眼前，我呢，辦事求方便！」一等員表明心態，口頭吩咐也很隨意：「我出去遛遛……我才不想『躺』在書房裡！沒事別射我！」

不射！不射！

二等員抬起手掌，略顯愧疚：「我挺怕錶文呢……」

14 《捕文植物》

滅紙？滅書？

「我可不准！」鋼筆爺爺一半腦袋留給故事的初稿，另一半，斟酌著下一次貼文時間。

希望找對人……

阿牘應該不是第一次接「單」。

莫非，「非法童話」的寫手也是個書迷？

鋼筆爺爺環顧書房，一片小小的窗無法送來靈光，幾盞檯燈合力似乎也幫不上忙，因為鋼筆爺爺心裡掛著許多擔憂，眼睛直愣。

「書櫃很快就會被拆掉，」鋼筆爺爺的目光停留在一本書脊，他喃喃自語：「機關，必須重新設計。」

「我還有多少腳力？」鋼筆爺爺瞧著書脊，高高低低，像一座山的稜線，他深呼吸，一面感受巍峨，一面察覺危機，他盯著字，讀著文字同時飄散心思：「捕——文——植物。」

¤

書脊上半，印著四個字：《捕文植物》。
書脊下端的兩個字，略小：鋼筆。
是了，《捕文植物》是書名，而「鋼筆」是作者。
正是！《捕文植物》乃鋼筆爺爺所著，不過，那是很久、很久以前的事。
此刻，鋼筆爺爺取下《捕文植物》，伸手摸進書冊空出的位置，碰觸開關，退後兩步，嘎吱——嘎吱——

¤

刻斗室，開關就是《捕文植物》。
密室，密世，鋼筆和墨水一同戮力的世界露出……

鋼筆爺爺站在入口處，望著墨水奶奶的背影，從黑黑糊糊漸淡漸白，他定住眼珠，等書櫃掀開，因為襯著一片隱蔽的光幕，那是房子外面，是河岸，所以不會有好奇的眼睛盯住。

¤

午後，光線最充足。

午後，墨水奶奶已經忙完所有的事。

刻斗文，本來只有手抄詩，本來也只是消遣玩意兒，忽然卻變成公事，用一張桌子架上一面三角板，鋼筆爺爺這會兒開始寫起故事，非法童話，悄悄反抗鎮長的計畫，為了「紙本書」。

¤

「有沒有碰到鋼珠？」墨水奶奶出聲，並未轉頭。

鋼筆爺爺搖頭。

墨水奶奶繼續埋首，專心繕寫，但是嘴上揣度：「也就是說，一切順利。」

鋼筆爺爺點頭。

「怎麼樣？抄到哪裡？能不能讓我加幾個字？」鋼筆爺爺趨前，輕聲細語，帶著歉意。

說是詢問，根本已經下定主意。

墨水奶奶一向明白，所以笑了笑：「當然——可以——」

「辛苦妳了。」鋼筆爺爺張嘴呵呵，隨即遞出一頁筆記，解釋：「加上一小段，幾行啦，大概是中間那裡。」

嗯。

墨水奶奶點頭，看看筆記紙、看看刻版，她鬆了一口氣，說道：「啊，你真厲害，算準時間，正好可以接續下去。」

也就是說，已經抄好的不必作廢。

鋼筆爺爺也稍稍釋懷：「我不是故意……」

嗯。

墨水奶奶推了推眼鏡，推開椅子，他伸直腰桿，捏捏頸子，提議：「我不如趁機休息？」

嗯。

「啊……我帶了一塊蛋糕給妳……」鋼筆爺爺忽然想起。在哪裡？

鋼筆爺爺看看雙手，期待雙手記起。

鋼筆爺爺退到書房，到處都是書，他皺眉：擱在哪裡？

鋼筆爺爺又退回客廳，空蕩蕩的桌椅，忘在哪裡？

「忙昏了！」鋼筆爺爺快轉記憶，在咖啡館，他託阿牘把傳單散發出去，然後呢？他皺起眉頭，問自己：「我……有買吧？」

¤

「沒關係。」墨水奶奶的聲音，被密室擴大了溫柔和體恤。

「不好意思，改天再一起去。」

墨水奶奶倒是笑了，帶著小小的輕蔑：「想吃，我會自己做。」

這麼一聽，鋼筆爺爺的罪惡感反而加重，懺悔加上歉意，他的眼鏡跟著頭一低，眼眶因此特別明顯，是掛著疲倦。

「真的沒關係。」

「占用妳太多時間了。」

「大事要緊。」墨水奶奶笑了笑，招手，指著手邊的紙片，說道：「這個字，太潦草，你自己來猜一猜。」

15 作者是誰？

阿牘接單，靠腿力，靠眼力，還靠腦力。

接受鋼筆爺爺的款待之後，阿牘更加帶勁，他閃閃躲躲，穿越街巷，挨家挨戶，有門半開便丟，有縫夠深便塞，他伏伏藏藏，他漸漸遠離書堆廣場，袋子裡的傳單已經少了一大半。

腰帶河邊，最偏遠的一棵樹下，沒有半個人。

堤岸這邊的凳子，等人等得荒涼。

而對岸那邊的樹群，避人，居然十分茂盛。

既然任務差不多完成一半，阿牘決定暫歇半晌。

從袋子裡抽出一張傳單，阿牘再把童話讀了一遍，不禁又喊了一次：「感謝烏鴉送大便！」

喔，不是送大便！是送豆子！

阿牘理一理脈絡，努力找出一句什麼來整合，他想了想，拍掌說道：「不就是『種豆得豆』？

「這麼簡單嗎？」

兩個主角，蠹柴和蠹米，哪個是弟弟？哪個是哥哥？

阿牘甩甩頭，惱了：「掀開故事表層，裡面還有什麼？」

¤

再說，鋼筆爺爺為什麼要幫忙寫續集呢？

「鋼筆爺爺也許認識第一個委託人？」阿牘比較兩篇童話，他半是提問半是解答：「所以這是在玩故事接龍？」

不對！不對！阿牘用力搖頭。

故事跟作者有什麼關係？

而且，第一個委託人到底打著什麼主意？

「啊！腦袋發疼！」阿牘再瞄了傳單一眼，然後塞回袋子，他決定把疑問暫擱：「發完再說。」

阿牘捏捏腿，眼皮竟然直墜，他抹臉，想要抹除疲累，卻是越抹越想睡，他索性往旁邊一躺，給自己限時：「只能瞇一會兒！」

喔……

放軟身軀，勞累頓時擴散，阿牘只剩眼睛能夠活動，他轉了轉眼珠，四個方向都一樣，天空澄清，沒有半朵雲。

啊、啊……

「我的骨頭……」阿牘挺起背，壓下肩頭，擴胸，突然一個氣味鑽進鼻腔，咖啡！遠飄而來的氣絲兒，淡淡的，卻是一股勁兒便衝上阿牘的腦門。

「香、香……」雖是聞慣了，阿牘被迫半醒。

漸漸沒了睡意，儘管身體明明疲倦，阿牘只好側身，慢慢回神，他因此稍稍抱怨一句：「你們這些大人，早上泡，下午也泡，咖啡到底哪裡香？」

「不是咖啡香，是時間香！」

誰？阿牘立即轉身，搜尋聲音來源。

一隻狗！

在河堤邊！

白狗走了上來，模樣溫和，他「汪」了一聲。

「不是泡咖啡，是在泡時間！」

到底是誰？阿牘揪住聲音，用力瞪眼。

一隻貓！

跟在後面！

黑貓走了上來，姿態驕慢，他「喵」了一聲。

「什麼嘛！阿貓阿狗！」阿牘叨叨兩句，沒生氣，反而笑了：「難道是我太累了？」

是了，摸黑，跑了一個晚上，跳過早餐，接受鋼筆爺爺的邀請，補了一頓豐盛的早午餐，還把下午的點心一併吃了，結果這會兒，一躺就癱？一睜眼就見鬼了？

而且見到阿貓阿狗！

這是……多累呢？

「泡咖啡，泡口水。」鋼珠啞著嗓音，學著大人的語氣，繼續說道：「泡口水，泡是非。」

嘿！

這聲音，是熟人！

是鋼珠！

鋼珠走了上來，手腳飛塵，她「哼」了一聲。

一黑一白的阿貓阿狗靠了過去，像是鋼珠的護衛？又像是鋼珠的友朋。

這夥兒，晃悠晃悠，簡直局外人！

哼！我才「哼」呢！

阿櫝心裡暗笑：都不知道大事即將發生！

¤

¤

就讓這夥兒繼續矇混！

哼！

阿牘面上微笑，同時瞧著鋼珠的臉以及那一張講話老氣的嘴，他不甘示弱，挑出諷語回擊：「我知道『泡口水』，但是，說什麼是非？我不懂，我呢，剛剛吃過冰淇淋，真是謝謝鋼筆爺爺啊！」

嘿！

阿牘在炫耀，氣人！

鋼珠扁嘴，但是故意把驕傲忽略，她瞪大眼睛質問：「你在這兒偷懶，還不趕快去辦事，我要回去告訴爺爺，叫你把冰淇淋吐出來！」

嗯……

「妳不會這麼壞吧？」阿牘覺得委屈，想要解釋，卻隨即想到疑點：「咦？妳怎麼知道鋼筆爺爺讓我辦事？」

「因為我有鋼珠！」鋼珠指著自己的左眼。

「我知道你是『鋼珠』！」

「鋼珠，看得清清楚楚。」鋼珠再次指著左眼珠。

「真的假的？妳是偷偷跟蹤……偷窺吧？」阿牘只能憑經驗推測，因此說得支吾。

鋼珠不想詳細解釋，於是撈出背包裡的望遠鏡，說道：「一目瞭然！」

「果然！好傢伙！」阿牘忽然坐起，張望，然後提問：「偷窺！妳藏在哪兒？哪兒能夠監視書堆廣場？甚至盯上某一家咖啡館？」

阿牘心底蠢動，他想：我要不要也去弄一支望遠鏡？

¤

「問題是我看不透也進不了對面的樹林。」鋼珠轉身，指向對岸的墨綠。對面的樹林？

阿牘放下兩腳，捏了捏，溜下長凳，他插腰、挺起胸膛，瞪大眼睛：「妳想幹嘛？」

「就是進去瞧瞧。」

「帶著阿貓阿狗？」

白狗沒吭，但是鼻頭仰高，一個鼻孔裡竟然插著花兒？喔不！是鼻涕糊！

「不行？」

黑貓瞇眼，把尾巴翹高，似乎捲成一個問號？

「所以你們是一起問我？還是考我？」

「如果你知道，就是問你，如果你不知道，就是考你。」

狗兒吸鼻，貓兒搖尾，所以阿貓阿狗都同意鋼珠的文字嬉戲？

「不告訴妳！」阿牘被逼出骨氣與脾氣，他指著一黑一白：「還有他和他！」

「所以你是知道的？」鋼珠準備改變算計。

嗯……哼……阿牘半吭氣半嘔氣。

黑貓立刻兜到阿牘的腳邊，用尾巴輕輕畫圓，這是示好嗎？

白狗呢？

阿牘等著，他繼續插腰，微微抬起下巴，他覺得：這夥兒，應該表現更有誠意才行！

¤

鋼珠竟然撂下一句話：「來吧！我們直接鑽！」

白狗移步。

黑貓遲疑一秒，隨即跟上。

這下子，阿牘急了，喔不！應該說是被忽略的感受很差，很差，他因此丟出奇怪的謎語：「記得找到開關！」

16 撞牆

說什麼開關！

就是牆！綠牆！樹牆！

鋼珠確定：從舊塔那邊俯瞰，明明就是一片蓊鬱的綠色森林！

所以阿牘是故意氣人故意搗亂！

¤

鋼珠本來打算低聲，求助，但是阿牘顯然還有任務……

「喵？」黑貓漆漆提問。

「你沒看到他的袋子？」鋼珠以問代答：「露出一角，我猜是紙，而且寫了字……」

但是鋼珠沒提的是：那字體，在哪兒看過？

「走吧，過河！」鋼珠知道：沒有退路。

¤

腰帶河在這一段，淺得不像話。

像個盤子！

「從來沒見過這樣，」鋼珠捲起褲管，準備涉水，不禁懷疑：「好像水龍頭被扭了一半……」

開關？

綠牆有開關？腰帶河也有開關？

鋼珠踩著河底，小腿肚竟然沒有涼快感，她皺眉：「這水，晾了半天，好像死了一樣？」

所以阿牘的話正確幾分？

¤

過了河，回頭，鋼珠嘟噥：「一下子就閃人！」

對岸，阿牘不見人影，長凳上，似乎留著奚落，惹人棄嫌。

「如果真有開關，我也要找出來！」鋼珠有些賭氣。

再說，開關？

怎麼可能？眼前確是一片樹牆，有枝有根，有葉子，鋼珠放慢腳步，仔細查看。

眼下，深綠疊色，偶爾閃光，也是很淺，不准窺探，如果多看一眼，後面的擋上前，而前面的更往前一些，如此反覆，便會把人的好奇推遠。

鋼珠閉眼、眨眼，多看幾次，結果相同。

因此，改變方式：鋼珠以動制靜，她時而以手掌撫葉，時而以指尖觸按細枝，時而快跑，時而倒退。

忽然，鋼珠發現一絲詭異，她喃喃自語：「怎麼看都一樣！」

怎麼看都一樣！

怎麼看都一樣！

「怎麼看都一樣？」鋼珠忽然拍掌，她驚呼：「問題就出在這裡！」

「喵？」黑貓仍在岸邊，但是出聲提醒。

「我沒在玩！」鋼珠辯解。

「汪！」白狗覺得好玩，立刻學樣。

¤

白狗來來回回地跑，樹牆變成背景。

下一瞬，白狗突然改變路徑，再一瞬，撞出聲響。

白狗倒地又起，換了撞擊點。

碰！

結果相同。

白狗撲花，這一次，他撲樹！

「喵！」黑貓漆漆仍在岸邊，喝斥，大抵責怪撲花一起跟著糊塗。

但是鋼珠瞧出意思，問道：「是不是？怎麼看都一樣？」

白狗嗚了嗚，希望鋼珠修正用字。

鋼珠點頭，然後描述：「怎麼『撞』都一樣。」

¤

鋼珠呆立，沉思，她推敲：怎麼看都一樣，怎麼撞都一樣，一樣就是怪！樹，不會只有一個樣子。

樹牆，再怎麼厚，也起碼透風，除非……

也就是說，祕密包藏其中？

「啊！親愛的撲花，你有沒有感覺怪怪的？那感覺？痛？」鋼珠亂問，因為還沒抓出關鍵。

「汪！汪！」

「你也覺得奇怪？果然！親愛的撲花，你再往前，多試幾次！我們一起！多試幾次！對！就這麼辦！」

眼前只好這麼辦！

「汪！汪！」白狗答應。

鋼珠信任流浪的膽識，就怕黑貓不願意，因此喊出提議：「漆漆，你要不要一起過來幫忙？」

¤

撲花撲樹。

鋼珠拍掌驚呼，甚至鼓舞。

「喵！」黑貓漆漆還在河邊，慢慢把毛髮弄乾，同時靜靜旁觀，看著兩個同伴做出蠢事，其實也在打量，瞄瞄哪兒可能有所謂的「開關」。

「嗚……」白狗喘息，撞了幾回，不暈也難。

有出入，因為「看起來都一樣」不真實。

有出入，因為「撞起來都一樣」超現實。

「喵！」黑貓只好自己上場求證。

¤

喵！

黑貓漆漆壯起膽子，他決定用速度避免創傷，因此，這一瞬，白狗和鋼珠只看到一團「黑」飛上，那一瞬，又看見一團「黑」飛下，再一瞬，一團「黑」時而快跑，時而倒退，最後一瞬，一團「黑」被彈回原形，是黑貓軟了手腳，趴成一團。

「喵……」漆漆這下子總算明白，兩個同伴的確發現問題，於是，他忍著痛，慢慢起身，他舔舔毛，重新梳整戰鬥力。

怎麼看都一樣！

樹不是樹。

怎麼撞都一樣！

牆不是牆。

怎麼會這樣！

漆漆「痛」定思「痛」，慢慢明白那種感覺，他咬著煩躁，低哼：「喵！」

相形之下，鋼珠和白狗變得十分冷靜，鋼珠站在原處，面對綠牆，發呆，然後漸漸發悶。

接下來，怎麼辦？

¤

四下無人，所以沒人看見一個女孩、一隻白狗和一隻黑貓一下子近似瘋狂，一一撞牆，又一下子全部陷入呆愣，個個撞牆。

撞的是有形的牆，綠牆，不透風也不透光的樹木森森。

撞的也是無形的牆，想不透也猜不透的障塞、機關。

然而，有人看見了，七個人。

七個毒者。

其中一個按下開關。

綠牆瞬間分崩。

¤

哇！

綠牆重組，平面變成立體，高高低低。

牆是推砌，不是樹籬。

「汪！汪！」白狗興奮。

黑貓立即挪步，趨前查看，他奮力一跳，伸出爪子，抓了抓，扯住綠葉，再一攀，登上一個小平台，他轉身，往下探，回報一聲：「喵？」

安全。

鋼珠反而後退，仰頭，左右打量，給了初步論斷：「果然樹是假的！牆是假的！嗯……詭異，但是有趣……」

「喵？」

「當然有趣？」鋼珠蹲下，摸摸白狗，「謝謝撲花幫咱們撞到開關？」

「汪！汪！」

「喵喵！喵喵！」漆漆直瞪，意思是：別人！別人！

「是嗎？所以就連崩塌也是假象！」鋼珠選擇正向思考：「好吧，既然有人幫忙按下開關，應該就是表示歡迎，意思是要我們爬上去，對不對？」

¤

喵……黑貓漆漆給了抱怨，意思是：我這不是爬了嘛！

而白狗撲花二話不說，接著循階攀上。

鋼珠殿後，她拉拉背包，整理心緒，告訴同伴其實是叮嚀自己：「小心。」

17 背叛

阿牘一向小心，往來「不書鎮」，穿越大街小巷，時而露面，時而隱形，卻是不小心走上險路，當上派報員，散播一個非法童話。

「為什麼呢？」阿牘搔搔頭，全然忘記最初幹嘛答應呢？

¤

「可惡的鋼珠，竟然拉了阿貓阿狗！」阿牘卻是孤獨。

我塞！

我丟！

阿牘叨唸了一路，一肚子忌妒，但也沒有忘記正事，往這個門縫塞了一張，又在那個信箱丟了一張，半疊海報很快就發完。

阿牘捏著最後一張海報，望著小字一行又一行，好像看見兩個小人在紙上說演……他想留存，而且另有打算：「不如我來想想，幫故事想一個快樂的結局，然後…寫一寫，印一印，丟給大家看看？」

有樣學樣？

「好玩！好玩！」阿牘越想越開心，拋了煩悶，卻也忽略周遭狀況。

¤

「非法海報！」

第一聲喝斥搶下海報。

「蠹柴和蠹米！」

第二聲喝斥，摻著熟悉與惱怒，唸出主角的名字。

阿牘嚇了一跳，渾身發僵，無處可藏，眼前，是一等員，臉孔猙獰。

「抓到你啦！」一等員橫著眉、嗤著鼻，一開口便是審問：「就是你亂寫亂貼！」

「不！」阿牘趕忙否認：「不是我！我只有貼……我只會說……說得一嘴好故事，一握筆就會手軟。真的！真的！鋼珠也這麼說我。」

才說完，阿牘就後悔，說溜嘴才是最要命！

幹嘛拉拉扯扯……

扯上鋼珠，尤其糊塗……

一等員不放手，揪著話，揪住尾巴，逼問：「鋼珠？鋼筆爺爺家的？」

「嗚！」阿牘猛搖頭，把嘴狠狠摀住。

¤

鋼筆加上墨水，就是可疑。

現在又多了一個鋼珠？

「小鋼珠怎麼一直沒出現？」一等員道破關鍵，一猜幾乎掀底：「背地裡在玩什麼把戲？」

啊……

阿牘還是搖頭，嘴巴被自己狠狠地摀住，因此，聽起來像是回答：嗯……

不……

「不怕！」一等員忽視狀況與眼前，冷冷地講：「總之，先抓你去見鎮長。」

抓！

鎮長？

「憑什麼！」阿牘斥問，他一慌就有膽量。

一等員遇強則軟，因此換了用詞：「哎呀，是『請』，是『邀請』，鎮長邀請每一個鎮民。」

「請我？想幹嘛？」

「公聽會，知道吧？」

「聽什麼？」

「一個計畫。」一等員堆起笑臉，問道：「真的沒聽過嗎？」

阿牘無言，找話搪塞：「我只是小孩……」

一等員這下子笑歪了，他問：「難道小孩沒有腦袋？不用腦袋？」

「喂……你這個大人……這麼……」阿牘覺得肚子裡有一股莫名的怒氣衝上來。

壞！

但是阿牘硬生生把這個字眼吞了下來，他用含糊的聲音表達憤慨：「我怎麼會知道……小鎮是你們大人在管，計畫也是你們大人在瞞……」

「唷……這麼說，厲害！」一等員就是橫著眉、嗤著鼻，再開口便要結束審問：

「總之，你是同夥，我得抓你去交差，不然，換我遭殃，除非……你願意供出一個名字？」

兩個也行？三個？一等員伸出指頭，數著，等著。

也就是說，背叛？阿饋心想：我得逃脫……

18 影子糾纏

眼睛背叛想像？或者，想像背叛眼睛？

樹牆崩散，不是傾倒，而是展開，是把牆面拉成立體，如塔，是把直線折成台階，如梯，不算陡，但是，爬階而上，身體自然有了墜落的警覺，時時注意腳下，動作遲緩。

「步道啊！」鋼珠回頭，瞥見河岸，「好！繼續往上！」

喵……淶淶戚戚，聲音微顫。

一階一停。

一停就是一階，高度漸攀。

終於，登頂。

一個入口？還是出口？是為了通風還是採光？

「這裡就是開關？」鋼珠覺得多此一問，沒有退路，只能前進，她喃喃地說：「咱們已經自己送上門！」

汪！

黑貓漆漆把身體壓低，他瞄了一聲，因為看見更加闃暗的深井。

鋼珠察覺，因此決定：「等等！讓眼睛適應光線。」

於是，白狗撲花趴下，暫時閉眼。

¤

「我先走。」鋼珠再度提起腳步，同時伸出雙手觸探。

摸到牆，踩到「路」。

微軟。

緩降。

草坪？

鋼珠將上身微微後仰，她將腳板貼緊「路」面，她放低重心，她做好跌落的準備，反而稍稍心安，她一步一步地拖，眼睛看清十步，又十步，面前忽然亮起點點，好多點點，在上面，也在下面。

在上面的，是繁星？

在下面的，是花花草草？

「星光養的？」鋼珠仰頭，明知道問了也白問，她還是忍不住叨呶：「明明地方這麼大，幹嘛造假！」

「溫控！」這是來自星星的回答。

喵！這是黑貓的反應，防衛的漆漆豎起毛髮。

嗚……這是白狗的低嚎，撲花不敢撲花，因為氣味難辨，只能關閉一隻鼻孔，再說，這些花草很可能也是假的，會不會突然射出一隻蜜蜂？

倒是鋼珠沒被嚇著，越往下走越是興奮，她心中暗暗衡量：如果這些都毒花毒草，如何給藥？怎麼速毒？而且全部毒死？

¤

「光控！」另一顆星星說話。

「哈、哈、哈，其實是『指控』！」

笑聲繼續擴大。

「什麼冷笑話！」

「誰能指控？」

「指控誰？」

「是啊，不然怎麼叫『祕密毒者』呢？」

這狀況？是七顆星星在聊天嗎？

鋼珠豎起耳朵，聽出七個聲音，她睜大眼睛，努力辨認位置，但是，不容易，她只得「拖拖拉拉」！

鋼珠移動，星星跟著移動？

鋼珠不動，她仰頭、偏頭、歪頭又轉頭，星星便只眨眼，假裝矇懂？

「聲控？」鋼珠心裡懷疑，晃步，忽然，她改變節奏，她蹦蹦跳跳，她跑向花花草草，她在花花草草之間跳躍，她故意踩踏，她用力踩踏，她還找了幫「腳」！

「喵！」黑貓的小手小腳全部加起來，不過，一次只能踩扁一株。

「汪！」白狗用上屁股，勁道五股，差不多就跟鋼珠的腳力相當。

「不！」七個聲音匯聚：「可惡！」

七倍的叫囂。

七倍的音量。

聲音在跑？

鋼珠抬頭一瞧，發現蹊蹺。

「是星星……在跑？」鋼珠忽然心生一計，她大喊：「星星！星星！來抓我啊！」

接著，鋼珠喝令同伴：「一起跑！叫星星來追！」

「喵！」黑貓往左。

「汪！」百狗往右。

接著，鋼珠忽左忽右。

七個星星哪裡受得了？

七個星星就要氣爆了？

亂跑亂竄的一夥兒不得不注意狀況……

¤

亂跑亂竄的一夥兒抱著心口，下一刻……

沒有聲音！

不見爆炸？

但是，星星還在跑呀！鋼珠轉頭，黑貓轉頭，白狗轉頭，一齊等著什麼……什麼！

星星打亮自己，而且越來越來亮，眼看就要弄瞎眼睛了……下一瞬，星星射出所有強光……

喔不！是射出七個頭！

七顆頭！

「喵！」黑貓豎毛。

流星真的是隕石！

這下子真要爆炸了？

才一想，鋼珠後悔太遲，七顆星星七顆頭七顆隕石，果然相撞！

但是……沒有聲音，不見爆炸，僅僅糾纏！

緊緊糾纏！

七顆頭，七條長長的頸，分不清哪個接哪條……

真嚇人！

鋼珠不敢看，她抱頭，她隨即放手，她張開雙臂等待同伴，黑貓和白狗看懂了，立刻飛奔，於是，一夥兒擁成一團……

鋼珠揪緊眼皮，全身抖顫。

加上黑貓的哆嗦

加上白狗的悸慄。

¤

什麼事也沒發生，沒有爆炸，沒有燒夷。

但是，恐慌，差點兒讓黑貓歇斯底里，也差點兒教白狗昏厥過去。

然後，影子手舞足蹈，開始轉圈圈。

問題是：七個影子並未移動，卻出現風動的模糊。

「我沒看錯吧？」鋼珠揉揉眼睛，因為她從眼角看見一閃而過的白「霧」，她驚呼：「交換身體！」

下一瞬，影子糾纏，全部「糊」在一起。

「汪！」白狗夾緊尾巴，失了魂似地，低吸。

「到底怎麼回事呀？」鋼珠無法思考。

鋼珠一直用後語否定前言，因為睜眼卻目盲，喔不，是新奇撞翻陳舊，認知矛盾，腦袋裡沒有任何資料可以填補見識的裂縫。

「外星人！」鋼珠低聲驚呼，她只能如此形容，不然呢？

¤

「哈！哈！哈！」

七倍嘲笑。

七倍的傲慢。

「無知的女孩！」

「這是混合實境！」

「假影子！」

「在也不在。」

「分身術！」

「此在彼在！」

「連在一塊！」

說完，七個聲音疊在一塊，問道：「疊、疊、疊，疊了時間疊空間再疊就是手稿語言。」

手稿語言？

鋼珠疊手，翻轉，還是無法想像，因此嘟噥：「什麼呀！」

「示範一下！」一個說話倒似七個同時張口。

七個影子忽然蹦跳出來，好像花朵綻放！

花朵！

果然，七個透明影子拉長，變成花柱，圍拱，中間有細絲漂浮。

那絲，是語詞？

然後，七個影子繼續變形，伸出手，左手，右手，接著，互相手拉手，沒開口，但是話絲默默聚集，一條光繩忽然閃來，一個串接，再一抖，是編是譯，七個影子本來分散的字字句句，經過這麼一整一理，最後飄出結論，是七個聲音疊在一起，說道：「手稿語言，直譯真意，心口合一！」

「喔！這個點子真不錯！」鋼珠脫口就說。

真的！不用七嘴八舌，然後結論還是不算定數……

七張口開口：「要不要試試？」

鋼珠指著自己鼻頭，意思是：我？

「對！伸手！」

能做什麼？該講什麼？

不過，或許可以窺見什麼……

於是，鋼珠壯起擔子，趨近，伸手，遞出手掌，她填補缺角，左手握虛，右手抓空，但是瞧在黑貓和白狗眼中，鋼珠撈到兩隻手，準備轉圈了……

「手呢？」鋼珠沒有半點觸感，她皺眉，叨唸：什麼也沒有！

等等！電光！

「好啦，體驗一下下就好了！」一個假影子放手。

鋼珠眼前忽然明滅轉瞬，就在那一瞬，她看見幾行字！

「對！沒時間跟妳玩了！」一個假影子撥撥腕上的玩意兒。

其他假影子也跟著煩躁，什麼時間到了？

急著做什麼？

鋼珠閉眼，努力回憶剛剛瞥見那一行字，好像是：報民來了……速讀……

報民？暴民？

速讀？難道不是速「毒」？他們不都是祕密毒者嗎？

又一個假影子抱怨：「鎮長的飛文加錶文……真是……連環叩！」

一個接著說：「就是本性囉嗦！」

另一個發了牢騷：「科技真煩！」

另一個半笑半無奈，也跟著數落一番：「一會兒要咱們研究藥草，交出毒液，一會兒要咱們審查書房，找出思想犯，他以為有了混合實境就可以變成神啊！」

「不管不管！」

「不行不行！」

兩個搖頭，然後，一個開始猶豫：「還是去露個臉？」

「畢竟，已經到了收尾階段……」又一個改變心意。

七個假影子揪著腕上的玩意兒，糾著眉頭，同時糾纏去向。

¤

收尾？

什麼計畫？

鋼珠杵在原地，腳底蹭著草皮，比對七個假影子的話語，是了！藥草，毒液，祕密毒者，是了！七個祕密毒者正在商議，而此處是祕密基地！那麼，「以毒攻毒」該如何著手？

但是，七個假影子手上的東西？小書卡串成鍊子？寫著提醒？小螢幕疊成記憶體？畫著花草圖鑑？或者，毒汁藥方？

要命！

鋼珠著急，不禁搓摸手腕，揣摩假影子的時空，在哪裡？要往哪裡去？

「你們在圖書館？」鋼珠索性直問。

「當然！圖書館，『茶』書館！」

另一個聲音補充：「我們是在地下的『茶』書館！哈、哈、哈……」

「哈！哈！哈！」

七倍的狂妄。

七倍嘲訕。

「所以……」鋼珠轉動左眼珠，「如果我用力踩死這些花花草草……」

誰也無法阻攔！

啊哈！鋼珠逮到星星！

星星的弱點就是太遠！哈哈！鋼珠自以為是……

喂！不行！可惡！卑鄙！聰明！

七種情緒齊放。

擔憂一樣。

但是，沒有一個出「手」抵制，也沒有一個出「腳」阻攔。

誰也不在！

鋼珠明白了！她將動作加大、加快，同時大聲昭告：「我要踩！踩、踩、踩，踩死所有的花草！」

「喂！喂！」

七倍的焦急。

七倍震怒。

這可真的踩到假影子的痛處啦！

於是，鋼珠使勁奔跑，上坡下坡，她一邊跑一邊找，找什麼，還不知道。但是，如她所料，七個光人無法反制，只是杵在原處扼「腕」。

「怎麼辦！」

「鎮長在催啦！」

「不管！」

「走啦！走啦！」

「不管女孩？」

「諒她也不能怎樣！」

「快走！」

話才鑽進鋼珠的耳朵，七個光人瞬間消失，好像被空間消融或者吞噬，或者只是抽掉一層真實？

¤

抽掉光，抽掉聲音。

上下露出空間，花花草草露現，這兒是？祕密花園？這麼多的……毒花！毒草！也就是說：草皮披毒！

「喔不！」鋼珠大驚，後悔，乾啞了嗓子：「我……踩出毒汁！」

鋼珠兩腳僵直，上身癱軟，兩隻腳硬撐著，不敢移動腳步。

就在影子糾纏的地方，本來長著一朵巨花的地方，竟然攤開了，攤成一面大鏡子。

影子憑空消失，不！因為從未在此！

七個影子和一朵巨花，是被時間抽出？或者被空間吞噬？

「亮亮的，是鏡子？」鋼珠趨前檢視：「還是……水池？」

撈了一撈，鋼珠搓搓手指，稍稍確信卻又無法證實：「濕濕的，但不是水。」

莫非是霧？

說霧就霧！

鋼珠感覺眼前縷縷飛絲，那絲，像在舊塔看雲，天空是襯，而此時，黑幕之上，看得更加清楚，更何況，鋼珠的眼睛重新適應了黑暗。

一條展延，變成一片。

再往前，第二條，好細的霧絲。

三條。

鋼珠蹲下，盯著「鏡書」邊緣，霧絲騰騰而上，裹了一圈，所以鏡書生霧？

鏡書，霧絲，加在一起？什麼道理？

鋼珠抬頭，低頭又抬頭。

七顆星星，喔不，七個頭，漂浮在鏡書之上？

所以鏡書是池？供水的？

可以下毒？

鋼珠倏忽站起，皮上疙瘩跟著豎立，她想：這個想法也許是對的？

「漆漆！趕快過來！」鋼珠忽然向闃黑下令。

黑貓霎時從更幽黑的周遭竄了出來，問道：「喵？」

「藥！」

「汪？」

「快！給我毒藥！」鋼珠伸手。

話一落，手一握，鋼珠身心緊繃，地上忽然捲起一絲風！

喔不！天動了！地也動了！這個地方……

抓住毒藥，鋼珠驚恐，大喊：「這個地方是活的！」

19 射區

「只要活的。」

「當然要活的。」

「毒死書，字活著。」

「這便是毒門功夫了。」

「毒書，就得不著一字，盡得『瘋』流……」

「然後，隱性傳染囉……」

射區，錶文飛梭，是祕密毒者正在用錶文交談著。

已讀六。

每一個祕密毒者不說的是：誰也別想套出我的「毒門配方」，呵呵……

已讀六！

誰先離線呢？

祕密毒者暗自揣測，但是六個人的答案是一致的：蘿蔔毒者。

也就是說，「萬能落頁劑」已經投入試驗了？

空口蘿蔔！

自私蘿蔔！

六個祕密毒者暗暗咒罵共同敵人：討厭的壞蘿蔔！

¤

六合。

另一個錶文「射」區隨即被建立了。

鼠麴草毒者首先發文：「鎮長被他拉攏過去？」

繁縷毒者附和：「可能。」

薺菜毒者丟出建議：「我們必須分享數據！」

寶蓋草毒者著急：「趕快反制！」

水芹毒者點頭：「同意！」

「六個一起，不能讓他稱心如意！」蔓菁毒者總括一句。

接著，數據齊射，六個祕密毒者抓著讀，急著解釋，有的，沒有的，有用的，沒用的，其實都在想著：怎麼拔掉蘿蔔？

¤

時間，不存在。
空間，不存在。
但是，只要有這一支錶，時空停滯，暗裡去，明裡來。
說與不說，都是動態，因為，錶文一一記載。

20 逃進牆裡

從哪裡來？

從哪裡離開？

「撞來撞去？」鋼珠杵著、想著，自己提議自己推翻。

太蠢！

不如，派遣影子？

哎呀呀！越想越離譜！鋼珠甚至瞪起左眼的「鋼」珠……

忽然，眼前一片光幕，影子，黑的，舉高手臂，似在晃動？似在高呼？

「我眼花了？」鋼珠嘴裡咕嚕：「牆是透明的……」

沒有厚度？

越想越迷糊！

¤

喵……

嗚……

「喵？」黑貓漆漆問的是：怎麼妳還傻愣愣？

對了！放毒！

是了，本來就是要放毒！

問題是：哪裡？

「汪汪！」白狗撲花則是追加一句：閃人！

知道！知道！

「這個問題我一進來就開始想了，但是，」鋼珠連連點頭，她理解的說：「入口太高太遠，一定不是那邊！想來想去還是只有牆……」

牆是透明的！

牆不是牆！

也就是說，牆裡別有洞天？

鋼珠把心一橫，決定相信：這個假設成真！

「撞！」鋼珠瞥向黑貓，告急，同時催促白狗，她指著自己的腦袋說：「一起撞牆！」

¤

說撞就撞，而且，一撞就撞出一個洞！

喔不！不是洞！

一個窟窿！

磚塊塌崩！

「喵！」所以黑貓漆漆一撞，陷入，卡住。

因此，白狗撲花稍稍猶豫，慢了幾秒，然而蓄勢已滿，力道盡出，一縱，急剎，頭一扭，上身一個回轉，僅僅屁股貼上，尾巴來不及收回，因此像是被人揪住，使得白狗低嗥：「汪！」

一貓一狗嵌入牆面。

「啊！」鋼珠當下剎腳，就差一步。

喵嗚齊訴。

磚牆蠕蠕，動也不動的樣子。

鋼珠瞪眼，這才發覺左眼瞧得特別清楚……

¤

磚塊是軟的！

軟磚想動就動，而且估算了輕重，在接受撞擊的瞬間凹出一個洞，無縫，剛剛好，可以說是黑貓的體重撞擊而成，看得仔細，就會發現：那是軟軟的磚塊準備了一個抱窩，把黑貓接住了。

至於白狗，那一揪，也沒傷痛。

總之，一整座祕密花園是活的……

牆，也是活的！

¤

鋼珠什麼都還沒說，只是閃過一個念頭，因此脫口：「放手！」

手？

不是手……

就是……啊！鋼珠自己也惱了，暗暗氣著自己：口拙！

軟磚竟然照做！

放了黑貓！放了白狗！

而且，磚塊重整，牆面瞬間恢復平順。

「真的放……」鋼珠鬆了一口氣，稍稍往前挪動一步，她用著自認安全的距離盯住牆面……

¤

面對面。

軟牆，鋼珠的臉。

鋼珠不是多疑卻是清清楚楚感覺得到：那磚牆，放軟身段，似在打量……而且磨磨蹭蹭的，會不會準備使出什麼暗算？

喵……黑貓溱溱渾身抖著，用梳毛掩飾驚愕？

嗚……白狗撲花把尾巴繞到眼前，低聲嗚嗚，大抵是說：半截也沒少呢！

當真放了……

表示什麼？

啊！忽然懂了，鋼珠立即脫口：「洞口、開口、出口，總之，放我們走……」

放走？

竟然跟一道牆要求！

黑貓和白狗對望，四隻眼睛在闃暗中交換一樣的想法：痴兒說夢！

不料，開了開了！

那牆，真的開口了！

有路！

管他通往哪兒！鋼珠拍掌，大喊：「快走！」

「喵！」漆漆淒厲一聲：放毒，別忘了！

「汪！」撲花催告：快！

好夥伴！

鋼珠點頭，她心頭溫暖，她手頭抓緊，眉頭一揪，眼一瞪，眼眶裡的「鋼」珠對焦，看準了，她舉手，把膠囊一拋……

池上，一點，是藥錠。

霧起，就在下一秒！

¤

僅僅一秒，毒霧漸升漸飄。

再一秒，防衛啟動，祕密花園慢慢憋住一大口氣，不讓毒霧瀰漫花草，因此驅使了磚牆，重組，牆面扭扭捏捏，天與地歪歪斜斜。

因為重組，牆角揉出一條路。

洩毒之路。

於是，毒霧慢慢凝珠……

¤

逃……

跑！

一定是！一定是！哪兒有路，霧便往哪兒吐！

也就是說，必須搶在毒霧前面逃出！

鋼珠抬手一指：「跑！」

黑貓第一個開溜，白狗慣於遲疑，所以鋼珠緊追在後，她說：「別怕！牆外一定比較安全。」

是嗎？撲花低嗚，咬緊牙關跟著。

漆漆轉頭，回應：「喵！」

那是斥責，意思是：妳想得太美好！

「沒錯！」鋼珠只想把毒花毒草全部毒死：「那個水池起霧，所有花草都會沾到，就怕……就怕毒藥不夠！」

放毒，一顆毒藥怎麼夠？

「喵……」黑貓漆漆邊跑邊抬頭，瞪起眼珠，意思是：妳未免太藐視藏婆婆……鑽牆，這一條軟軟的路徑怎麼走？

「汪！」白狗撲花邊跑邊搖尾，露出牙齒，意思是：「好過吸毒！」

其實，鋼珠也擔心，她一邊跑，心口上好似吊著桶子，她一邊左右張望，口中不禁吐出惶恐：「萬一有陷阱？萬一……」

喵嗚……

黑貓和白狗埋頭，這一路，只能跑得沒腳子……

21 漂書牆

鎮長的城牆就是陷阱！明擺著的陷阱！

推人入坑的陷阱！

終於，喔不！一直有人這麼想……

那是二等員，他偷偷地寫下：每個人都需要一間書房。

不公開的書房。

一間書房，一個宇宙，藏夢，藏著想像。

偏偏「不書鎮」必須名副其實，不書，不要書，因此沒有私人書房，也沒有個人藏書，更厲害的是，「不書鎮」必須超現實！因此，鎮長傾盡人力與物力，打造公共書牆，那牆，又軟又硬，那是「不書鎮」的招牌，那是「不書鎮」的靈魂！

那是鎮長的一世英名。

以鎮長之名，「大書房計畫」等於把整個鎮的未來全部賭上！

「大書房」，是公共建築。

「小書房」，是鎮民居室。

大牆、小牆都是書牆。

這牆、那牆全部連接到鎮長城堡的「漂書牆」，前瞻計畫則是：漂書可以外送，世界之隅，也行！

¤

不行！不行！一定還有人喜歡讀書寫字……

「難道不能安安靜靜一個人擁抱孤獨？」二等員用問句收了尾，他把紙張對折，放進左胸口袋，手掌一貼，他閉眼感受文字堆砌故事的凹凸。

¤

「一定有人不想開放書房……」二等員自己也想藏書，但是不敢抗議。

沒人抗議。

大書房一幢幢拔地。

小書房一間間挺起。

直到，最後一批，終於……

一等員鬆了口氣，他說：「終於，不用借來借去，不必跑來跑去，萬事都在彈指之間搞定！」

那是侵入思想。

二等員有心無力，說什麼「書房計畫」，蓋什麼「漂書牆」，從來就是明擺著的陷阱，所以二等員一直不提……

「有什麼不能講的？」一等員反對，他說：「愛讀就讀，幹嘛怕人知道？」

二等員細聲嚼字：「讀書是

隱私……」

「古板！」一等員再次劈頭斥責：「早就是超書年代了，誰還在那裡抄書！」

糟糕！莫非一等員已經發現了？

口袋裡的故事？

偷偷寫的故事？

二等員的下意識拉起手撫著左胸口袋，囁嚅：「超書……抄書……」

「沒錯，書只是一種載具，在這個年代，必須超越紙本形式，因為，知識不具形式。」一等員自顧自地用錶文說得口沫噴飛，那一股指力，那一副模樣，

有信有誓。

習慣筆墨的二等員知道的卻是：摸字摸骨，摸紙摸思。

二等員趕緊收拾、收拾，鎖上抽屜，鎖上隱私。

「啊，清爽！」二等員看著自己的桌子，一向保持乾乾淨淨，很早以前也是如此，頂多就是擱著幾枝筆，他忽然覺得這是唯一不用紙公文的好處。

22 狀況一

二等員喜歡孤獨，往內裡尋思，往頁裡追尋故事。

一等員總愛溜出去巡視，或者尋事。

躺書房，本該是行政系統的尾端與前線，兩個公務員，卻把躺書房用成兩個樣子，當然，都是瞞著鎮長。

一等員「躺」手「躺」腳，肉體高臥，關閉耳目之窗。

二等員「躺」紙「躺」筆，心馳神飛，降落在文字打場的浩瀚與廣漠之上。

¤

吱！嗚！

二等員的手腕震動，是錶文來敲，那狠勁，讓他丟了筆桿，他趕緊揪拾，同時抓住紙頁，起身，轉頭，他望向門口，叨唸：「沒人……」

放下驚恐，二等員瞅著腕上錶文，念道：「快來！鎮長暴怒！」

一等員用錶文催促！

幹嘛一等員又溜出去找事？

「為……」二等員快速提問，但是從腦袋溜到嘴巴，慢了好幾個字，從嘴巴溜到手指，幾乎慢了一整頁，越是發急，手指越是拙鈍，折騰良久，才敲了一個字。

更別提傳送……

一等員卻「彈」回了一串抱怨：「一定是有人想找亂子，非法海報越來越多，就連小孩也在談非法童話，眼看書房計畫就要開展，難怪鎮長像刺蝟一般！」

「我得先去擋一下！」又一則錶文。

再一則：「快！」

於是，二等員把「為」字刪除，同時刪除所有疑問與臆測。

一等員總是慣於指使。

二等員一向習於聽使。

就是這麼一回事，一個搶快一個滯遲，卻恰恰好搭上鎮民的情緒，一個負責辯護，一個負責安撫，總之，為鎮長擦屁股……

「喔不！是鎮長的『霸圖』，那叫解釋……」二等員嘴上應付，因為，任務之前首先要說服自己。

二等員手上急忙收拾，想像即將面對的仗勢：鎮民啊，好像憋了一輩子似的！

不過他的後腦勺有一個想法快速浮出……

二等員的心口怦怦，手指微微抽搐，他抓起自己的手掌貼緊口袋，用興奮壓制倉皇，他強制自己：「再也憋不住！」

¤

吱！嗚！

二等員的手腕震動，錶文再敲。

那是一等員丟出最後一段錶文：「我到了！」

「好……好……」

「馬上來……」

二等員嘴邊反覆吐字，指間振筆寫字，不過，說的是一回事，寫的卻是另一回事，雖然他的指頭敲不出速度，但是，搖筆啊，他能寫得龍飛鳳舞……

再寫一段！

再寫幾個字！

二等員一手壓紙，一手押出文字……

23 報民來了

「讓！」

「讓讓！」

嚷嚷的是一等員，他心底直喊：我得擠到鎮長眼前！我得讓他看見我的忠貞！

¤

讓……

讓了又讓……

讓出左右，讓出前後，前後左右都是人，鎮民們，一個個面上凝重，像泥人，全身發僵，因為身體裡有一股熱氣漸漸向外擴散。

一等員唇間嘟囔，心底納悶：「哪來這麼多人？」

這麼多人，平日都去哪兒？

這麼多人，是想怎樣？

萬一發狂……會不會攻擊鎮長的城堡？

¤

漂書牆，是鎮長的顏面，圈住城堡，圍著鎮民的視聽。

高牆是螢幕，可分可合，分開的時候，是書牆，一本又一本的書，漂浮在牆幕，想讀哪一本，指尖輕輕點觸，書本就會一起慢慢游過來，相中了，挑一本就是，點、點、點，可以放大字體，可以左右翻頁。如果不想讀了，指尖一彈，書便隱退，下一次，若要重拾進度，便將手腹壓住書牆，透過「指腹辨識」，上一次未讀完的書籍就會浮出，撈過來，書頁已經自動翻到上一次的頁次，總之，每一次閱讀都會留下紀錄，每個鎮民，不分老小，打從一出生就有自己的電子書櫃。

漂書牆，是鎮民的圖書館。

因此，有一組對句不時漂浮牆面：「指指點點撥雲間，大書小書漂眼前。」

就是要人隨口就唸上。

鎮長更是相勸：「最好你是來看書，只想乘涼？也行！」的確，牆夠高，不論大人或小孩，只有遮陰的份兒。

¤

漂書牆，更是鎮長的告示板。

那一道看似綿延不絕的牆，可以跑「圖」，描繪美麗未來的藍圖，可以跑「臉」，鎮長的大頭大臉最為常見；還可以跑「字」，報告施政的目標與進度，每日定時，上午一次，下午一次，遇上偶發事件，當然即時，轉述鎮民的陳述，直播鎮長的處理方式。

好比此際，鎮長直瞪瞪的，以憋氣回覆。

回瞪的，鎮民的眼珠加加總總，也

抵不過牆面上鎮長的一隻怒目。

一等員拚了勁、捨了命，他越過人牆，抵達官民分際，他張開雙臂，擋在巨大的「漂書牆」之下。

¤

「指指點點撥雲間……」一等員高聲朗誦，試圖轉移大家的注意。

一等員停頓半晌，他望向人群後方，沒人，他趕緊重複了一遍：「指指點點……撥雲間……」

一等員刻意拉長字距，拖延時間。

第三遍的「指指點點撥雲間」甚至帶上動作，一等員帶上動作，他端起指頭，東指西點，猶臨書牆操作一般。

然後呢？

必須接腔的難道不是「大書小書漂眼前」？

然而，此刻，沒有下文。

二等員，不見人影！

本來，宣揚與稱頌，該由最親民的公務員一起扛上，所以兩個公務員總是一搭一唱：一等員起頭，二等員接上，漂漂亮亮的一句宣揚理當說得順暢……

¤

「不要書牆！」海報一張，眼睛一雙。

「還我書房！」海報一張搭配嘴巴的吶喊。

一等員瞠眼，拉開喉嚨：「書牆就是大家的書房，而且完全開放！」

是的，完全！

超越時空！

「這樣的開放其實是控制！」人群中拋出刺耳的字眼。

「控制！」附和一次。

再一次：「對！控制！」

又一次，便是眾口同叱：「控制！」

海報後面的黑臉和白臉幾乎同時轉成紅臉，隨即轉頭去瞧：哪一個說出了大家想說的關鍵？

這麼多反對，平日的服從都是假裝？

這麼多人，是想怎樣？

一等員東張西望，默默抱恨：二等員竟然把這樣的場面丟給我一個人！

¤

一張又一張，報民藏臉。

一句又一句，爆氣的鎮民高舉訴願。

聲浪越來越高，因為大家知道：漂書牆上的大頭是障眼法！

¤

鎮長藏著臉，他很氣，但是不急。他先讓底層的公務員出面交涉，此時，他在圓形辦公廳內，沿著圓牆，慢慢踱，慢慢瞪。這一道環幕，猶如縮小版的漂書牆，一環又一環，可以同時顯示所有的監控畫面。

環幕上，左一句「控制」，右一句「控制」，鎮長邊走邊跺腳，那字眼，實在教他難以吞服，他不禁低聲咆哮：「可惡！暴民呵！」

鎮長拍桌，他的怒氣嗆在鼻尖，但是，他「控制」表情，僅僅咬牙，他再把聲音壓低斥喝，是的，他得瞄準一個完美的時間點露臉，所以，此刻，他按下暫停鍵，打算讓暴民的情緒升至高潮，然後一舉撲滅……

¤

「開放！開放！」

「還書！還書！」第一個具體的要求被提出了。

還書！

還書！

「給你一座書海，竟然還不滿足！」鎮長握拳，兩隻前臂「捶」放桌子。

¤

報民繼續舉報，抖著激怒，無數的吶喊，僅僅兩個字：「故事！」

故事？

擋在人群之前的一等員立刻聯想起非法童話，他瞪大眼睛：「難道這是有計畫的？」

「沒錯！」一個尖細的聲音鑽了出來，接著便嘶聲怒吼：「我們要感觸！就像這樣子！」

搓搓紙！摸摸故事！

阿牘抬頭挺胸，喔不，他簡直是臉紅脖子粗！

你這個小鬼！挑對時候露臉了！一等員一瞪，本想破口但是忍住，真是的！面對鎮民，要把身段放軟，因為還得顧及鎮長顏面。

因此，一等員嘖舌，換上另一副喉舌，講起歷史：「以前是口傳故事，到了現在，不用砍樹，多好呀！紙上故事統統收進牆裡，故事不會遺失，再說，憑虛構象才厲害，讀者，要有本事！」

扯上砍樹！

還管讀者有沒有本事？

「不管！不管！我喜歡摸字！我就喜歡摸紙！」阿牘不禁鬧起性子。

「開放！開放！我們要摸紙！」左一句聲援。

「開放！開放！我們要摸字！」右一句支持。

阿牘聽見身後左右幫腔，趕緊拉開嗓門又講：「把牆還給故事！」

啥？

一等員差點兒掉落下巴，他壓著怒火，悶哼：「這是什麼邏輯！」

邏輯？

「喜歡故事，所以聽故事，喜歡寫故事，所以寫自己想看的故事，如此而已。」一個平靜的聲音，娓娓敘述。

如此而已！

如此而已？

一等員拉長脖子，他探向人群，搜尋，是誰說的？這麼「答」不對題，卻是說得這麼輕又這麼重？

24 好大的膽子！

隨口喳喳？一等員張大嘴巴，正在醞釀新的說法，堵回去……

而阿牘，直覺知道：沒有故事，無聊啊！

忽然，這麼一個柔軟卻是有力的回答悠悠響起，大家覺得怪異，因為那聲音如此沉靜，因此鎮定了所有躁動，大家紛紛放下抗議以及海報，轉身……

是二等員！

二等員？

一等員瞠目，瞬間有太多情緒擁擠，因此結巴：「你！慢吞吞的！不幫腔，竟然！你在說什麼鬼話！」

「不是鬼話，」二等員面上不動，嘴角緩緩提起，解釋：「是掙扎許久的真心話……」

喔？一等員挑眉，懷疑。

啊！大家的胸口，漸漸鼓起……

「寫成童話！我把想法寫成童話！」二等員感覺臉頰燒燙，不能再說下去，因此趕緊掏出口袋裡的設計，一張紙，打開了，他的眼前立刻攤開一個別境，是故事的場景，必須趁著大家的注意力聚集之際唸出來才行，於是，他吞下口水，吞下畏懼，然後緩緩吐出勇氣，朗讀字句：

不久，豆子發芽了。

蠹柴因此決定，再撥出小袋的三分之一來種。

於是，院子的另一角也變成田畦，不過，其中一半騰給了蔬菜，一畦種了馬鈴薯，一畦種了小黃瓜。

「吃吧！」蠹柴摘了小黃瓜佐餐。

「接下來要擺什麼書哪？」蠹米嘟唇呼開熱煙，十指托住卻不停閃彈，整個心思卻是放在別處！

書！

故事！

蠹柴明白，還是不禁笑了：「填飽肚子才好動腦子，然後活動身子，咱們把這些蔬果拿去換豆子。」

換豆子？

「要不要直接換書？」

這麼急？

「不過，直接換書也是個好點子！」

這一誇，讓蠹米一口塞進食物，雙頰鼓鼓，他努力噘嘴吐字但是囫圇咕嚕，他只好端出手指，指東指西，然後拍手翻掌，眼睛裡泌流的，是一股興奮和欲望。

「我知道！我知道！」蠹柴點頭，逕自進食。

蠹米輕捶胸腹，他說：「我去拿桶子！」

於是，又挖了一些馬鈴薯，又摘了幾條青翠的小黃瓜，蠹柴和蠹米上街，找了一處轉角，開始大聲吆喝：「換書！」

「不論小說、童話和童詩！」

「只要是好書！」

來來往往的人，有人停下腳步，有人站得遠遠的，觀望一下子，有人坦然得很，稍稍駐足，把手中的書看完隨即遞出，第一筆交換如此迅速，蠹米不禁歡呼：「謝謝！」

換書消息因此傳開了。

於是，種花的，把花搬來。

養魚的，撈魚；養牛的，提了幾罐牛奶；會裁縫的，一件洋裝說是布疋不夠做一件給大人，因此，恰恰好給一個小女孩……

人聲交錯，聲音最小的反而是蠹米和蠹柴。

蠹米糾著眉：「怎麼變成市集了！」

可不！預期更多好書出現，大家還是選擇民生用品，書，又被遺忘了。

蠹柴反倒想開了：「因為還有比讀書更重要的事情。」

「明明是我們先提，怎麼變成雜貨市集！」

「沒關係，今天就換一本，讀完再來吧？」

「好吧，」蠹米摸摸書，翻開故事，「我會慢慢讀……」

蠹柴把噗哧忍住，仍然開了小小玩笑，說道：「不如你自己編故事，拉長一點……」

詼諧變做正經。

蠹米的眼睛發亮，口中射出第一個句子：「**我不想繳書……**」

¤

好大的膽子！

二等員哪來的膽子！

一等員心底驚呼，不敢相信這個平日畏畏縮縮的二等員竟敢挑明了……繳書！

本來放下抗議以及海報的鎮民，幾乎同時被震住……是啊，大家都把書繳了也不知道麼處理？難不成都給燒了？想看書，只能跑到牆邊點點觸觸……

是了，埋怨之始，不都是因為繳書？

「還書！」扯起嗓子的，是高音部。

「我要故事！」怒吼裡面夾雜幾聲幼稚。

「還書！」附議的鼓譟，是低音部。

「我要摸紙！」幼稚裡面偶有玩笑岔出，卻也是正經的意圖。

這邊扯起嗓子，那邊舉高海報，前前後後，加加總總，是不是所有鎮民一起出動？

一等員睜眼卻似發矇，目下該找哪一個當做靶子？批削一頓？

¤

「好大的膽子！」一聲怒斥，自牆面竄出。

阿牘首先轉身，他舉高手，指著：「鎮長！」

一等員僵住，光聽聲音就知道那是……

「我、我、我……立刻取締！我去撕掉、撕掉……」一等員頓時掉魂，他指東畫西，瞎急，想去哪兒卻是哪兒也不能去，因此越發著急，喋喋獨語：「非法童話！那些都是瞎編的故事！」

「不必！」七個聲音。

因為，七個祕密毒者，一起，比肩站立，沒入背景，因為畫面放大，沒能露面，因此更加神祕，只見接連的寬袍大袖，襯托鎮長的大頭。而鎮長，想必正在氣頭上，不過壓抑著，未見平日的親和，臉上無波，然而，眉間藏怒，被牆面一放大，慍色的脈絡更加明顯，特別是顴骨，像堆著柴火似的。

「我來處理。」鎮長說得和氣。

「怎麼可以！」一等員一口回拒。

聲音和表情竟然兩極？

「不敢勞……動……鎮……長！」一等員嚇得得顫慄，一邊抖著身骨，一邊彎腰，想竄、想為鎮長清理一塊寬闊的場域，卻是迷路東西。

「我——來——處——理——」鎮長挑唇，字字分明，分明的還有決心、主意以及願許，當然還有權力。

決心、主意、願許，特別是權力。

權力，是牆，要怎麼漂書都可以。

「說開放？還不夠開放嗎？我都開了城、給了牆！科技最高境界就是共享！」鎮長的話語有強有弱、時快時緩。

好像有理喔？

於是一隻胳臂痠了，一個心志軟了……

鎮長繼續主張：「書籍通過魔電，知識變成網絡，以文字砌磚，以知識築牆，一來可以全民共讀，二來趁機淘汰謬論與劣筆。」

為了子子孫孫？

另一隻胳臂跟著垂下，另一個也放棄。

「不行！」二等員急得揮動雙手，故事還揑在手上：「我的故事還沒寫完！」

一等員逮到機會發狠：「寫什麼故事！就是你偷懶，沒跟大家解釋！」

解釋？

你……你不也是……偷懶！要嘛橫臥書房，要嘛遛早遛晚，遛食兒、遛彎兒、遛得大家以為只有你一個人超忙……

然而，二等員未能啟齒說出他的憤恚，他只是揪著紙、揪著故事，揪得心口抽疼。

¤

「住嘴！」六指同時搶先制止。

「退下！」一指故意晚出，顯現特殊或者別有意圖？

六個祕密毒者微微騷動，寬袍和大袖互相摩擦。

¤

左一句叱喝，右一句命令，七個祕密毒者再次展現「聲」勢，而且多出「指」式。

因此，鎮長依然端坐，悄悄挪換目光，透過每一個監視螢幕，觀望四處。

但是看在鎮民眼裡，那是堅執、堅硬、堅拒。

「總之，成果已經展現在大家的眼前！」鎮長忽然給了結論，緊閉雙唇。

順勢答腔的，是七個祕密毒者：

「內容是書！」

「形式是房子！」

「大書房，讓你游書海；小書房，由你開書單。」

「大書房，每日更新；小書房，一年一換。」

這些，大家都聽過，也聽膩了。

抗議的海報與心志似乎跟著疲憊，一張一張收捲，一個一個背棄初衷。

鎮長忽然高喊：「不書！不輸！」

25 故事生故事

「不能不要書！」一句反調拆了鎮長的口號。

「不要玩弄文字！」一等員趕緊揪住機會，挺身辯斥。

大家忽然甦醒似地，跟著傾倒所有的陳訴：不！不！不！

鋼筆爺爺來得倏忽，戴上眼鏡的面龐看來十分嚴肅，因為他得抬眼觀察狀況，他還得低眼盯著手上的白紙，他一邊走一遍潤喉，順著大家讓出的通道，他走到行列之前，他宣布：「我要給大家說一個故事！」

「故事！」

大家一起高呼。

「故事！」

海報同時陣陣翻騰，左一張右一張，大家相視而笑，因為，這才發現每一張背面都藏著文章，有些分行，有些成段，莫非……

¤

於是，趁著譟響，鋼筆爺爺輕輕嗯哼，吞了口水，接著，他開始朗讀：

蠹柴半是開心，半是擔憂，他不時就要催促：「你起來走走……要不，你幫我翻翻土？」

蠹米認真寫起故事。

一半擔心蠹米熱衷過度。

一半掛心庭院裡的小小田畦荒蕪。

唯獨不必擔心的是：蠹米不再嚷著讀書。

於是，除了動動筋骨，除了吃飯拉屎，蠹米專注地寫著故事，構畫場景，安排了人物，設計了懸疑，他一直寫、一直寫，除了睡覺做夢，除了喝水放屁，他甚至不說話，就連蠹柴朝他嚷著：「快來幫忙照顧院子！」

蠹米頭也不抬。

蠹米認真寫故事。

可這……是好是壞呢？蠹柴暗自尋思。

這一天，蠹米繼續埋頭寫著故事，筆稍停歇，他念出文字：

藏書，交給藏婆婆，保證萬無一失。

萬無一書。

不對？重要的是：好書才藏，壞書就燒了吧，哪怕是一分鐘也好，至少暖暖身子骨。

也就是說，藏婆婆這一手接下託書，那一手偷偷棄書，「不然，地方哪夠啊？還得騰出空間來吃住！」她說。

這……沒人知道嗎？不，鋼筆爺爺早就發現了，但是他並不揭穿，反而要求互助。

互助。

鋼筆爺爺要散布故事。

而且得製造煙幕。

於是，非法童話的海報開始慢慢露出。

跑腿的，是阿牘。

阿牘機靈敏捷，既熟門也熟路：這兒有柱，貼；那兒有櫥，貼。丟進信箱，塞入窗戶，門縫也可行，就是需要膽子大一些，再過一些時日，貼上布告欄，便是抗議的日子。

抗議「繳書」。

「鎮長哪肯讓步啊！」蠹柴忍不住下了評語，他本來在院子裡忙碌，聽著聽著，便拉長耳朵，一頭栽入故事。

「我該如何結束？」蠹米拿起筆桿敲敲腦子：「會不會太嚴肅？要不要安排一個快樂的結局，而且看來傻呼呼？」

快樂的結局？

結局？

「喔，寫得這麼快？寫多久啦？」蠹柴歪著頭，望著院子裡的作物，扳著手指，推想：可不！蔬果已經收成一次，這會兒馬鈴薯也長得壯實，開著花，再等一陣子，就可以挖土……

哎呀，蠹米果然伏案好一陣子！

蠹柴拉回飄思，瞧見蠹米放倒身子，伸展手腳，兩隻眼睛發直……

「故事又卡住……」蠹柴無聲嘆了一口氣，喃喃忖度：「能不能幫忙想個法子？」

於是，蠹柴放下耕鋤，順手摘下幾樣瓜果，轉進廚房，他把蔬果丟進機器的肚子，咕嚕咕嚕，他把馨香的汁液倒進杯子，然後端到蠹米身邊說道：「給你一杯墨汁！」

蠹米撐起手肘，坐直身子，才一瞧，便脫口說出：「呵呵呵……果然是墨汁……」

蠹柴舉杯祈祝：「希望你筆下淅瀝瀝……」

¤

淅瀝瀝？

一等員伸手，衝著鋼筆爺爺吼出：「你別想用非法童話來煽動人心！」閃過「搶」手，鋼筆爺爺迅速轉身，他將白紙向上拋撒，原來，鋼筆爺爺準備了一疊童話，是墨水奶奶趕工印刷！

「故事就種在我的腦袋裡，隨時可以淅瀝瀝！」鋼筆爺爺大聲宣告。

是啊！

沒錯！

因此，故事翻飛，有人撈到，有人接住，也有人等著，直到落地那一刻才趕緊拾起，大家紛紛出示彼此手上的白紙，這才發現，每一張紙，只寫了一小段。

「接龍！」

「頂牛！」

好耶！

試試看！

大家興致高昂，有的掏筆立刻記下第一句，有的摺了收進口袋，大抵是改日再來續寫，隨即讓心神回到抗議場面。

「對了！就是這樣！」鋼筆爺爺呵呵笑言：「故事生故事！」

沒錯！

是啊！

「故事生故事！」

「書生書！」

大家應和不絕，這讓一等員無法禁遏，只能孤掌掩耳，破口直吼：「胡扯！胡扯！」

26 鎮長垮了

「鎮長！鎮長！」一等員自忖無法控制局面，只能求救。

可是，漂書牆面上的鎮長竟被勒了喉似的，只能：「喔！喔！」

一等員眼尖，瞥見一隻手動了，因此大喊：「祕密毒者！」

霎時，鎮民跟著轉移目光，但也只能掃視白袍，因為不知道應該盯住哪一個。

就在此際，牆上出現一隻貓、一隻狗，一個女孩殿後。

哇！

「鋼珠！」阿犢首先大叫：「鋼珠被牆吃掉了！」

啊！那隻貓、那隻狗、那個女孩逃命似的急慌……

糟糕！

煞不住！

「撞了！」鎮民驚呼。

鋼筆爺爺趕緊上前，他輕輕抓住阿牘的肩膀，不禁興奮：「太好了！鋼珠直接去找鎮長！」

直接找鎮長？

一隻貓、一隻狗、一個女孩？

這是什麼狀況？一等員心底暗暗琢磨：我是應該挺身？還是閃人？

¤

一聲尖叫：「鎮長斷頭了！」

又一聲：「手腳也斷了！」

啊！有人趕忙遮起眼睛，因為預見血肉模糊……

嗚……有人把嘴巴掩住，因為無法釋放心裡的驚怵。

抗議是好事，這才可能漸漸達成共識……

但是，沒人想看到鎮長身首異處……

¤

阿牘衝到漂書牆下，就恨不能鑽入，他一會兒頂著額頭，一會兒貼著臉頰，他左看右看，就是沒發現半點血漬。

因此，阿牘只能隔牆轉動眼珠子，半猜半想。

那隻黑貓蹲踞角落，舔著毛絲。

那隻白狗嗅聞鎮長的頭顱，低聲一嗚？問著：鎮長怎麼沒了腦子？

那個女孩，就是鋼珠！

鋼珠！她竟然直接瞄準祕密毒者，一個一個質問？時而明白時而糊塗？

迷懵的阿牘忍不住拍打牆面：「喂！快說！怎麼回事？」

本來興奮樂見鎮民群起抗議的鋼筆爺爺此刻已經恢復平和，他拿下老花眼鏡，一邊研判一邊解釋：「牆這麼厚，說什麼都聽不見，咱們就等著吧！」

等到什麼時候？

阿牘用眼神問了，因為他擔心鋼珠的安危，因為不知道那些祕密毒者會做什麼？

等到什麼時候？

鎮民愣怔的眼神也問了，因為抗議才進行一半吧？然後呢？

¤

鎮長垮了，而漂書牆持續直播。

鎮民們起先疑惑，接著皺起眉頭，一個問真假，又一個問結果，慢慢跑出各種推測，這個說暗算，那個說陰謀，總之，鎮民漸漸慌了。

「就說公差難做！」一等員趁著種種呆滯，他捧著心口，提起腳跟，挪一步再移一步。

沒人發現呢……

提著鼠膽，悄悄地，一等員飛快溜回「躺書房」，把門緊鎖。

一等員這才大口喘氣同時梳理事件始末。

「接下來，新鎮長會怎麼做？喔……會換鎮長吧？」一等員照例丟開大事，只為小事煩憂：「應該投靠哪一個祕密毒者？」

27 黑手

哪一個祕密毒者？

當然是黑心蘿蔔！

錶文「射」區已經轟轟炸起……

鼠麴草毒者首先揭發：「鎮長早被他拉攏過去了！」

繁縷毒者附和：「沒錯。」

「但是，根據生存法則，穩定政局才是上計。」薺菜毒者丟出最急件。

「成見，必須丟棄。」寶蓋草毒者同意：「鎮民安全第一！」

因為，誰出頭誰倒楣吧？

「穩定大局！」水芹毒者點頭。

其實也是為了保住自己的權力？

「嗯，咱們六個一起，繼續拱他主導大局！」蔓菁毒者總括一句。

密議完畢，就怕不識局面，也就是說：趕緊搶天占地！所以，這個錶文「射」區即將關閉，永遠地，以免留下證據……

¤

而蘿蔔毒者從頭到尾不發一語，他只顧著敲打腕上的手錶，一則又一則的新文發布出去，雙向前進，是「飛文」，既是調度公務，也是安撫民心，同時轉成「錶文」，表示權勢在握……

更有密令，其中，列印鎮長是最、最急件。

接著，切斷訊號，讓牆面暫時黑闃，隱藏混亂，不讓鎮民陷入混亂以免挑起推翻政局的念欲。

接著，把阿貓、阿狗踢出去！

¤

喵……黑貓漆漆拱背，渾身毛髮矗立，表示：毫髮未傷，只是生氣！

白狗撲花用滑的，四肢摩著地面，縮緊胸腹，頭部也是，但是儘量仰高口鼻，他嗚嗚噎噎，忽然想起這一路的怪異……

「這是哪裡？」鋼珠還算清醒，她甩甩頭，確認沒有目眩或者頭暈，「到了外面？怎麼昏昏黃黃的？」

「汪！」撲花仍然趴著，一抬眼恰好瞧見上方的彎曲。

黑貓漆漆轉身，給了附議：「喵——」

鋼珠抹臉，摸掉意外也抹除驚奇，然後用著平常口氣說道：「滑梯。」

迴旋滑梯。

鋼珠望向高處，上面，在鎮長的辦公室，在祕密花園，於是，記憶快速倒轉……

嗯，沒有吸入毒氣。

啊！撞垮了鎮長，最後，被踢出祕密毒者的內爭。

結局，應該是好的？

「走吧！」鋼珠拍拍身子，摸向後背：「啊，背包丟了！」

要回去找嗎？鋼珠翹望，可以喔，因為滑梯邊有一道臺階……

「忘！忘！」白狗撲花說得果斷，意思是：不行！

「喵嗚……」黑貓漆漆反而語氣委婉，而且拐個彎：妳不是應該比人類聰明？

「政事就是人類的正事！」鋼珠點頭，同時強調自己的本事：「我只管書。」

於是，一隻貓、一隻狗、一個女孩，抬頭抬眼，挺胸挺肚，緩緩舉步……

28 我是鋼珠

親愛的讀者：

我是鋼珠。

我是鋼筆爺爺和墨水奶奶的寵物。

奶奶教我庖廚之事，爺爺教我讀書寫字。

奶奶說我的眼睛不怕針細，如果繡花，可能會害蜜蜂撞斷牙齒，哈哈，你知道這是玩笑吧？蜜蜂沒有牙齒！是的，我會開玩笑，但是爺爺叫我不要太輕浮，機器人該有機器人的樣子。

嗯，我是鋼珠，爺爺說我的眼睛最好用來看書，一目萬行，就是這麼回事。

問我「不書鎮」的歷史？

還是鎮長的理想？「漂書牆」？「書房計畫」？

你聽！

「內容是書！」

「形式是房子！」

「大書房，讓你游書海；小書房，由你開書單。」

「大書房，每日更新；小書房，一年一換。」

這些口號很漂亮，但是鎮民抗議的理由也很簡單。

故事，書。

喔，對了！祕密毒者換了主子好像就換了腦子，反正，立體列印很厲害，要「人」就有「人」，鎮長可以無限複製，祕密毒者可以輪流弄權。

換句話說，故事也可以生故事，明的，就是出書，反而來暗的，輸出雲端更能廣布，總之，怎麼編故事，各憑筆下功夫。

我是鋼珠，左眼珠就是一個黑洞，文字洶湧。

我的程式裡建置了「自主學習系統」，所以多了「創作」這個能力。

不相信？

那麼，我就來朗讀一個小故事，關於蠹柴和蠹米的豆子：

淅瀝瀝，淅瀝瀝，筆下文字淌出。

果然，蠹米一直搖筆，把風雨霜雪融在魔法瓶子裡，把花開成冬季，讓落葉鋪出一條溪。

是了，蠹米還寫詩！

沒錯，蠹米的故事被擱下好一陣子……

蠹柴照顧蔬果也照顧蠹米。

院子只剩一條小徑，其餘全被蔬果占據，有些躲在土裡，有些盤上棚架，蠹柴從晨起勞作到晚間歇息，他用收成換豆子，小豆和大豆漸漸累積，彩虹豆也有好幾粒。

「鎮長同意拆牆了嗎？」蠹柴還停留在許久之前的記憶。

「呃……」

「抗爭結束？立下協議？」

「沒創意……」

「不然呢？」

「我想要寫一個更漂亮的結局。」蠹米抓抓頭皮。

蠹柴搓掉手掌上的土泥，問道：「怎樣才算漂亮？」

「嗯，不能太……平庸……」

「平庸？」

蠹米順口舉了一例：「譬如摔跤就得說『跳慟』！」

「跳慟？」

「對啊，你得跳到第三個反應！」

喔……舉一反三？

蠹柴懂了，因此趕緊跳回正題：「所以鎮長會撤回繳書令？拆掉漂書的牆？不再興建大書房和小書房？」

「哎呀，連你都猜得到，這還不平庸？」

「喔？蔑視我！」

「不！不！不！」蠹米連聲否認，卻說：「是自我挑戰……」

或者，挑戰讀者？

喔……光想就累呢……

蠹柴看著天空，瞧瞧蔬果，心思很快飛離，飛去天空找找烏鴉在哪兒下蛋？半晌，又飛了回來，卻把先前的事情忘記，一動腦，只管斟酌下一季要不要把作物調整？或者多分一點給蠹米分擔？

「哎呀！」蠹米忽然大喊：「全部推給鋼珠！」

「鋼珠？」蠹柴拍拍胸口：「嚇死我！」

蠹米興奮地拍手：「機器人寫小說！整部小說都是鋼珠編的！」

出乎意料的轉折……

「這麼方便！把責任推給機器人就好囉？」蠹柴咧嘴笑了，他為蠹米感到高興，因此跟著附和：「好喔！好喔！趕快叫機器人來幫忙種豆！」

以上故事，文責自負。

我是鋼珠，型號Ghost1000。

少年文學49　PG2029

不書鎮

作者／蘇善
責任編輯／徐佑驊
圖文排版／周妤靜
封面設計／蔡瑋筠
出版策劃／秀威少年
製作發行／秀威資訊科技股份有限公司
114 台北市內湖區瑞光路76巷65號1樓
電話：+886-2-2796-3638
傳真：+886-2-2796-1377
服務信箱：service@showwe.com.tw
http://www.showwe.com.tw

郵政劃撥／19563868
戶名：秀威資訊科技股份有限公司
展售門市／國家書店【松江門市】
104 台北市中山區松江路209號1樓
電話：+886-2-2518-0207
傳真：+886-2-2518-0778

網路訂購／秀威網路書店：https://store.showwe.tw
國家網路書店：https://www.govbooks.com.tw
法律顧問／毛國樑　律師

總經銷／聯寶國際文化事業有限公司
221新北市汐止區康寧街169巷27號8樓
電話：+886-2-2695-4083
傳真：+886-2-2695-4087

出版日期／2018年8月　BOD一版　**定價**／320元
ISBN／978-986-5731-89-2

國家圖書館出版品預行編目

不書鎮 / 蘇善著. -- 一版. -- 臺北市 : 秀威少年, 2018.08

面；　公分. -- (少年文學 ; 49)

BOD版

ISBN 978-986-5731-89-2(平裝)

859.6　　　　107012074

讀者回函卡

感謝您購買本書，為提升服務品質，請填妥以下資料，將讀者回函卡直接寄回或傳真本公司，收到您的寶貴意見後，我們會收藏記錄及檢討，謝謝！

如您需要了解本公司最新出版書目、購書優惠或企劃活動，歡迎您上網查詢或下載相關資料：http:// www.showwe.com.tw

您購買的書名：________________________________

出生日期：________年________月________日

學歷：□高中（含）以下　□大專　□研究所（含）以上

職業：□製造業　□金融業　□資訊業　□軍警　□傳播業　□自由業
□服務業　□公務員　□教職　□學生　□家管　□其它_____

購書地點：□網路書店　□實體書店　□書展　□郵購　□贈閱　□其他

您從何得知本書的消息？

□網路書店　□實體書店　□網路搜尋　□電子報　□書訊　□雜誌
□傳播媒體　□親友推薦　□網站推薦　□部落格　□其他__________

您對本書的評價：（請填代號　1.非常滿意　2.滿意　3.尚可　4.再改進）

封面設計____　版面編排____　內容____　文／譯筆____　價格____

讀完書後您覺得：

□很有收穫　□有收穫　□收穫不多　□沒收穫

對我們的建議：________________________________

____

____

____

請貼
郵票

11466
台北市內湖區瑞光路 76 巷 65 號 1 樓
秀威資訊科技股份有限公司 收
BOD 數位出版事業部

（請沿線對折寄回，謝謝！）

姓　　名：＿＿＿＿＿＿＿＿　年齡：＿＿＿＿　性別：□女　□男

郵遞區號：□□□□□

地　　址：＿＿＿＿＿＿＿＿＿＿＿＿＿＿＿＿

聯絡電話：(日) ＿＿＿＿＿＿＿＿　(夜) ＿＿＿＿＿＿＿＿

E-mail：＿＿＿＿＿＿＿＿＿＿＿＿＿＿＿＿